suhrkamp taschenbuch 2924

Hans-Ulrich Treichel berichtet von den Mißständen seines Lebens, vom Versuch, sie zu bewältigen, vom Erkennen auch, daß der Wille, sie zu überwinden, nicht ausreicht. Also setzen sich die Desaster fort, der Autor bewältigt sie, indem er Distanz zu sich hält, obwohl er nicht von sich absieht: mit Sarkasmus, Ironie und Galgenhumor – Überlebensmittel, wenn die Not am größten ist. Zuerst ist die Rede von der Heimat, die einerseits zu Rußland, andererseits aber auch zu Polen gehörte. Es folgt der Gang zum Psychotherapeuten, in der Hoffnung, sich von den Bedrückungen der Kindheit zu befreien. Auch Reisen nach Italien, Universitäts- und Familienbesuche helfen dem Helden nicht weiter.

»Darin liegt auch der Verdienst und die Qualität von Hans-Ulrich Treichels Prosa: Auf ironische Weise bietet er in den einzelnen Kapiteln einen Reigen absolut niederschmetternder Fehlschläge, äußerst peinlicher Demütigungen und aberwitziger Verwicklungen, distanziert und sachlich serviert er die allertraurigsten Sachen, und dem Leser bleibt am Ende nichts, als herzhaft darüber zu lachen.« *Die Presse, Wien*

Hans-Ulrich Treichel, 1952 in Versmold/Westfalen geboren, lebt in Berlin und Leipzig. Seit 1995 ist er Professor am Deutschen Literaturinstitut der Universität Leipzig. Für *Von Leib und Seele* erhielt er 1993 den Förderpreis zum Bremer Literaturpreis. 1998 erschien sein Roman *Der Verlorene*.

Hans-Ulrich Treichel
Von Leib und Seele

Berichte

Suhrkamp

Umschlagabbildung:
Hans-Ulrich Treichel vor einer Friedhofsmauer,
Foto: Isolde Ohlbaum

suhrkamp taschenbuch 2924
Erste Auflage 1998

Druck: Nomos Verlagsgesellschaft, Baden-Baden
Printed in Germany
Umschlag nach Entwürfen von
Willy Fleckhaus und Rolf Staudt

1 2 3 4 5 6 - 03 02 01 00 99 98

Von Leib und Seele

I.

Der Ort, an dem ich geboren wurde und der einmal als DIE STADT DER WÜRSTE UND SCHINKEN in die Geschichte Ostwestfalens eingehen wird, war für mich nichts als eine trübsinnige Ansammlung von Zweifamilienhäusern und Umgehungsstraßen, von Möbelgeschäften und Fleischereien. Und die Menschen, die diesen Ort bevölkerten, erschienen mir immer als äußerst verschlossene und mißgünstige, einzig dem Gelderwerb und dem Alkohol ergebene Wesen, die mit mir, der ich durch eine bloße Laune des Schicksals in diese Welt hineingeraten war, nicht das mindeste verband. Doch nicht nur ich und meine beiden Brüder, auch meine Eltern blieben Fremde in diesem Ort, auch wenn sie es, obwohl sie aus dem Osten waren, im Laufe der Zeit als Besitzer eines Lebensmittelgeschäftes zu einem gewissen Wohlstand und einem eigenen Haus in der Ortsmitte gebracht hatten. Diesen Wohlstand hatten sie allerdings nicht so sehr den Westfalen zu verdanken, die auch nach dem Krieg nur bei den einheimischen Händlern zu kaufen pflegten, sondern den vielen Vertriebenen und Flüchtlingen, die wie meine Eltern nach Westfalen gekommen waren und die sich ihnen aufgrund ihres gemeinsamen Schicksals verbunden fühlten. Doch nur wenigen war es gelungen, sich das aufzubauen, was meine Eltern eine selbständige Existenz nannten. Die meisten von ihnen arbeiteten in der großen, aus roten Klinkersteinen erbauten Fleischfabrik, die in der Nähe meines Geburtshauses stand und von der man sich beängstigende Geschichten erzählte, die meine kindlichen Phantasien erregten und quälten und die mir den Genuß von Fleisch und Wurst bis heute zu einer verbotenen, mit hungrigem Widerwillen erfüllten Lust gemacht haben. Allerdings habe ich die Fabrik niemals betreten. Ich habe immer nur die in Gummistiefel und weiß-blau gestreifte Jacken gekleideten Männer und Frauen an unserem Haus vorbeiziehen sehen. Doch oft genug, wenn sie sich nach der Arbeit in unserem Geschäft mit Schnaps und Zigaretten versorgten, konnte ich ihre roten aufgequollenen Gesichter und ihre von Schnittwunden vernarbten Hände betrachten und noch lange, nachdem sie das Geschäft meiner Eltern verlassen hatten, roch es nach scharfem Gewürz und geräucherter Wurst. Ihr einziger Lohn, so schien mir damals, war die Gratisration Fleisch, die sie jeden Freitagnachmittag in weißen und feuchtrosa schimmernden Leinenbeuteln nach Hause trugen. Obwohl meine Eltern wie die meisten der Fabrikarbeiter ehemalige Kleinbauern waren, zählten sie bald zu den wohlhabenderen Leuten, die es nicht nur zu einem eigenen Geschäft, sondern auch zu einer schwarzen viertürigen Limousine gebracht hatten, die meist spiegelblank poliert in der Hofeinfahrt parkte. Doch diese Zeichen des Wohlstands standen meinen Eltern nicht zu. Denn wer aus dem Osten kam, der war in den Augen der Alteingesessenen ein minderwertiger und von seinem Grund und Boden wahrscheinlich völlig zu Recht vertriebener Mensch, und so fühlte auch ich mich in meinem Geburtsort zumeist als ein minderwertiger und aus einer mir zudem völlig unbekannten Heimat wohl zu Recht vertriebener Mensch, dessen einzige Chance innerer Selbstbehauptung darin bestand, auf meine beiden Brüder als noch minderwertigere Menschen herabzublicken, was allerdings auch umgekehrt für meine beiden Brüder galt, so daß wir uns in endlose Demütigungen verstrickten. Das hatte – zumindest für mich – den Effekt, daß ich nicht nur die Demütigungen meiner Brüder unablässig in mich hineinfraß, sondern auch alles andere, was ich in dem Ladengeschäft meiner Eltern für einigermaßen eßbar erachtete, und dabei sehr rasch zu einem fetten Kind wurde, das, je fetter es wurde, um so mehr von seiner Umwelt, den Nachbarn, Lehrern und Schulkameraden geschmäht wurde. Meine Eltern, denen die zermürbenden Feindseligkeiten ihrer Söhne ebenso entgingen wie meine langsame Verwandlung in ein übergewichtiges und süchtig-gereiztes Kind, da sie viel zu sehr mit ihrem ebenfalls zermürbenden Broterwerb beschäftigt waren, den sie jeden Tag aufs neue gegen den Neid und die Mißgunst der alteingesessenen Westfalen durchsetzen mußten, verschafften sich und auf fatale Weise auch mir einen gewissen Trost in der Wiederbelebung bäuerlicher Eßgewohnheiten. So waren denn auch die schönsten Stunden in der Familie die dem Essen geweihten Samstagabende, an denen es große Mengen selbstgemachter Grützwurst und zu Brei gekochten, mit Äpfeln versetzten Weißkohl gab. Die Gespräche während dieser abendlichen Völlereien drehten sich zumeist um die Vergangenheit und die verlorene Heimat meiner Eltern, von der ich mir allerdings nie ein genaues Bild machen konnte, außer, daß es sich um eine mit fettem Ackerboden gesegnete Gegend irgendwo im Osten handelte und daß diese Gegend einerseits zu Rußland, anderseits aber auch zu Polen gehörte und seit langem von Deutschen besiedelt und bewohnt wurde. Denn daß es sich bei meinen Eltern um wirkliche Deutsche handeln mußte, auch wenn sie von den Westfalen als Lebewesen einer eher niederen Art behandelt wurden, davon war ich nicht zuletzt deshalb überzeugt, weil sie bei den abendlichen Tischgesprächen von ihren im Osten zurückgebliebenen und dort schon immer ansässigen Mitmenschen auch als von Lebewesen einer eher niederen Art sprachen, ebenso wie es die Westfalen von ihnen zu tun pflegten. Eines dieser Lebewesen, das in den Erzählungen meiner Eltern einen äußerst bedeutenden Platz einnahm, war DER RUSSE. DER RUSSE war ganz ohne Zweifel die wichtigste Gestalt im Leben meiner Eltern, denn alles, was das Schicksal ihnen angetan hatte, hatten sie nur einem zu verdanken: DEM RUSSEN. Außer DEM RUSSEN gab es nichts mehr auf der Welt, was sie noch erschrecken konnte. Nicht einmal DER POLE, von dem meine Eltern immer dann gesprochen haben, wenn sie nicht von DEM RUSSEN gesprochen haben. DER POLE war für meine Eltern ein schäbiges und nicht ganz ernst zu nehmendes Wesen. Über den Polen haben sie Witze gemacht, und immer wenn ich sie gefragt habe, was denn der Pole eigentlich sei, habe ich einen von diesen

Witzen zu hören bekommen, so daß ich am Ende nur eines begriffen habe: daß DER POLE für meine Eltern in ihrer alten Heimat ungefähr das gewesen sein muß, was sie und ihre Kinder für die Westfalen in ihrer neuen Heimat sind. Und so habe ich mich, der ich aufgrund meines Geburtsortes ein WESTFALE genannt werden könnte, in Wahrheit mehr als ein Pole denn als ein Deutscher oder gar Westfale gefühlt, obgleich auch für mich meine Eltern in erster Linie Menschen aus der Fremde waren, MENSCHEN AUS DEM OSTEN, mit denen mich, der ich in Westfalen geboren war, keine gemeinsame Herkunft verband. Zwar haben mich diejenigen, die schon immer, zumindest seit vielen Generationen, in meinem Heimatort lebten, niemals einen Polen genannt, der ich ja in Wahrheit auch nicht war, doch ich habe immer gespürt, daß sie auch mich für einen Menschen hielten, der aus dem Osten kam und mehr zu den Polen als zu ihnen, den Westfalen, gehörte. Doch wenn ich schon nicht zu ihnen, den Westfalen, gehören sollte, dann hätte ich lieber zu den Russen als zu den Polen gehört. Wohl war der Russe, das hatte ich aus den Erzählungen meiner Eltern gelernt, ein ebenso minderwertiger Mensch wie der Pole, doch war er zugleich auch ein gefährlicher, ein schreckenerregender Mensch. Ich erinnere mich daran, wie meine Eltern einen ganzen Abend mit Bekannten, die ebenfalls wie sie AUS DEM OSTEN nach Westfalen gekommen waren, um den Tisch saßen und darüber stritten, ob es auch einen GUTEN RUSSEN geben könne, denn einer der Bekannten erzählte, daß ihn einmal AUF DER

FLUCHT VOR DEM RUSSEN mitten auf der Landstraße ein Russe zuerst angehalten und dann unbehelligt habe passieren lassen, obwohl er ihn doch genausogut erschießen oder mit einem Stiefeltritt das Nasenbein hätte zertrümmern können. Hierbei müsse es sich also, so der Bekannte, unzweifelhaft um einen guten Russen gehandelt haben, was aber von meinen Eltern sogleich bestritten wurde, sie meinten vielmehr, daß es sich bei diesem Russen wie bei allen anderen Russen auch ganz ohne Zweifel um einen bösen Russen gehandelt habe, der allerdings, und das sei das Ungewöhnliche, nur zu träge war, Böses zu tun.

Obwohl die abendlichen Gespräche meiner Eltern fast ausschließlich von ihrer verlorenen Heimat und ihrem Leben IM OSTEN handelten, habe ich mir niemals eine klare Vorstellung von der Herkunft meiner Eltern und dem, was sie den Osten nannten, machen können. Ich habe Namen und Worte gehört, die ich nicht verstanden habe, und auf meine Fragen nach der Bedeutung dieser Namen und Worte haben meine Eltern immer nur mit neuen Namen und Worten geantwortet, die ich ebensowenig verstanden habe. Beispielsweise der Name PREUSSISCH-HOLLAND, der unter einer an unserer Wohnküchenwand hängenden Fotografie stand und den Ort bezeichnete, an dem mein Vater seine Kindheit und Jugend verbracht hatte. Ich habe diese Fotografie Tag für Tag gesehen und diesen Namen Tag für Tag gelesen, und das über mehr als anderthalb Jahrzehnte hinweg, und ich habe meine Eltern wohl Hunderte Male nach diesem Ort und diesem Namen gefragt. Doch es ist mir nie gelungen, auch nur die Andeutung einer Erklärung zu dieser Fotografie und zu diesem Namen zu bekommen. Alle Antworten, die mir gegeben wurden, haben immer nur die verwirrendsten und abwegigsten Geschichten hervorgebracht, in denen neue Namen, Jahreszahlen, Ereignisse auftauchten und die meine Fragen erstickten und erledigten, so daß ich mir in meinen kindlichen Phantasien ausgemalt habe, daß mein Vater, der allem Anschein nach aus Preussisch-Holland stammte, sowohl aus Preußen als auch aus Holland stammen mußte, obwohl er doch, was ich ja wußte, aus dem Osten kam. Und da niemand zugleich aus Preußen als auch aus Holland stammen kann, wenn er aus dem Osten kommt, beschloß ich, nie wieder auch nur einen einzigen Gedanken an diesen Ort und an diese Frage zu verschwenden und meine Eltern als herkunft- und antwortlos zu erklären. Doch diese herkunft- und antwortlosen Wesen, die meine Eltern irgendwann einmal für mich geworden sind, haben mir immer wieder neue Geschichten erzählt und mir immer wieder neue Antworten auf meine nun nicht mehr gestellten Fragen gegeben, und mit jeder weiteren Geschichte und mit jeder weiteren Antwort hat sich die Wahrheit über die Herkunft meiner Eltern, die ja nicht zuletzt auch die Wahrheit über meine eigene Herkunft war, immer weiter verzweigt.

Schließlich war ich überzeugt davon, daß meine Eltern sowohl aus Polen als auch aus Rußland, zugleich aber auch aus Schwaben stammten, denn sie haben nicht nur immer wieder russische und polnische Worte benutzt, PSCHIAKREFF PIRONNJE hieß eines davon, sondern auch schwäbische. Diese hatten wiederum mit der Herkunft ihrer eigenen Vorfahren zu tun, die, wie ich später erfahren habe, zu Zeiten der Zarin Katharina aus Schwaben nach Rußland und Polen ausgewandert waren und deren Nachkommen nach dem Krieg von den Russen und Polen vertrieben worden sind und noch immer, wie meine Tante Martha, die alle nur DAS BÄSLE MARTHA nannten, ihr althergebrachtes, wenn auch östlich verfremdetes und für in Schwaben lebende Schwaben möglicherweise gänzlich unverständliches Schwäbisch sprachen. Das Bäsle Martha hatte sich, im Unterschied zu meinen Eltern, mit vielen anderen zumeist äußerst frommen Mitgliedern ihrer Heimatgemeinde in Niedersachsen niedergelassen und dort die sogenannte Brüdergemeinde Neugnadenfeld gegründet, die bis heute von frommen und nach wie vor mehr schwäbischen als niedersächsischen Menschen bewohnt wird. Leider hat sich die Frömmigkeit meiner Base Martha nicht auf ihren neugegründeten Heimatort Neugnadenfeld beschränkt. Sie fühlte sich vielmehr auch für die Frömmigkeit ihrer in Westfalen lebenden Verwandten zuständig und hat sich demzufolge auch für meine Frömmigkeit zuständig gefühlt, so daß ich, immer wenn das Bäsle Martha in meinem Elternhaus zu Gast war, beständig dem Missionstrieb meiner frommen Tante ausgesetzt war, der sich vor allem darin ausdrückte, daß sie mich als das jüngste Kind der Familie zu regelmäßigen abendlichen Gebeten anhielt, die wir, gemeinsam vor meinem Kinderbett kniend, beteten. Am liebsten betete meine Tante ein Gebet, das mit den Zeilen »Breit aus die Flüglein beide, O Jesu meine Freude, und nimm dein Küchlein ein« begann und das ich, obwohl ich es unzählige Male gebetet habe, niemals wirklich verstand. Es war – neben den Flügeln, schließlich war Jesus kein Engel – vor allem das Küchlein, das mich verwirrte, und unter dem ich mir nichts anderes vorstellen konnte als einen kleinen Kuchen, es mir andererseits aber völlig unpassend erschien, jeden Abend ein Gebet zu beten, in dem Jesus aufgefordert wurde, Kuchen zu essen. Da ich die abendlichen Gebete mit zunehmendem Alter nur noch als Tortur empfunden habe und sie in mir keinerlei religiöse Gefühle weckten, wohl aber die Gewißheit, ein ungläubiger und heuchlerischer Mensch zu sein, habe ich eines Abends aus kindlichem Trotz nicht das gemeinsame »Amen« nach unserem Gebet gesprochen, sondern die für mich wohl unverständlichen, aber äußerst boshaft klingenden Worte »Pschiakreff Pironnje«, die ich von meinem Vater kannte. Daraufhin hat meine Tante nie wieder mit mir gebetet, sich aber bitter bei meinen Eltern über mich beklagt. Glücklicherweise haben mir meine Eltern dieses »Pschiakreff Pironnje« niemals wirklich übel genommen, denn noch heute klingt mir das Gelächter in den Ohren, das die Erzählung von meiner Untat im Kreise der Verwandten und Bekannten auslöste, die wie meine Eltern als Vertriebene nach Westfalen gekommen waren und ganze Sonntage in unserer Wohnküche damit zubrachten, sich an das zu erinnern, was sie den Osten nannten und wo ihre Heimat war.

II.

Um mich von den Bedrückungen meiner Kindheit zu befreien, habe ich mich verschiedenen psychotherapeutischen Behandlungen unterzogen, so daß zu den Bedrückungen meiner Kindheit die Bedrückungen meiner verschiedenen Psychotherapien hinzugekommen sind. Wobei die Therapie bei Herrn Berg, der nicht Psychoanalytiker, sondern Gesprächstherapeut war, noch die harmloseste aller Spuren hinterlassen hat. Denn diese Therapie war erstens kurz und zweitens ohne analytische Tiefe, und ich denke mit einem gewissen Behagen an sie zurück. Daß ich bei Herrn Berg vorsprach, habe ich Herrn Dr. Bruckner zu verdanken, von dem ich noch ausführlicher berichten werde, denn er hat ohne Zweifel ein Denkmal an dem Ort errichtet, den Freud den inneren Schauplatz nennt. Dr. Bruckner, den ich aufsuchte, weil er in meiner damaligen Charlottenburger Wohngegend der nächste Neurologe war, überwies mich nach einem blitz- und feuerspuckenden Enzephalogramm mit der Bemerkung an Herrn Berg, daß bis auf wenige epileptoide Spitzen alles in Ordnung sei und ich bei Herrn Berg demzufolge sehr gut aufgehoben wäre. Einer tieferen Behandlung bedürfe es in meinem Falle nicht, eher einer kurzfristigen INTERVENTION ZUR STIMMUNGSAUFHELLUNG. Zu meiner Beruhigung gebe er mir ein bestimmtes Medikament mit, das ich zur Dämpfung der epileptoiden Spitzen nehmen solle, was ich aber sehr bald nicht mehr tat, da mir ein befreundeter Medizinstudent erklärte, daß die häufigste Nebenwirkung dieses Medikaments das Auftreten epileptoider Spitzen sei. Herr Berg war ein noch sehr junger Gesprächstherapeut, der in Moabit eine alte Ladenwohnung in ein modernes »Studio« verwandelt hatte, mit Hilfe von weißer Farbe, Ledersesseln, einem Glastisch und einer grünen Unterwasserpflanze, die in dem feuchten Erdgeschoßklima sehr gut gedieh. Auf seinem Glastisch stand ein neues hypermodernes Sony-Tonbandgerät, mit dem er jedes unserer Gespräche aufzeichnete und das die Aufschrift IT'S A SONY trug; eine Aufschrift, die mich von Gespräch zu Gespräch mehr und mehr in ihren Bann zog, so daß ich Herrn Berg eines Tages sagen mußte, daß ich nicht mehr zu ihm kommen könne, denn immer, wenn ich mit ihm spräche oder auch nur an ihn dächte, müsse ich zugleich denken IT'S A SONY, was er lächelnd, doch auch verständnislos quittierte. Nachdem ich in der nächsten Sitzung nichts anderes tat, als schweigend das laufende Tonband mit der Aufschrift anzustarren, bot mir Herr Berg in der darauffolgenden Sitzung an, das Tonbandgerät vom Tisch zu nehmen, worauf ich aber nicht eingehen wollte. Nicht ohne eine gewisse Gereiztheit sagte er mir, wenn ich nicht wolle, wolle ich eben nicht, er habe ohnedies das Gefühl, daß ich ihm etwas verschweige, obwohl es in einer Gesprächstherapie doch darauf ankomme, alles offen und ehrlich auszusprechen. Ich hätte ihm allerdings niemals sagen können, daß mich mehr noch als sein Tonbandgerät seine immerfeuchten Hände und der Schweiß auf der Oberlippe störten und damit die Angst, die er anscheinend vor seinen Patienten hatte. Eine Angst, die mir jedoch, sobald ich sie bemerkte, meine Angst, die ich normalerweise vor einem Therapeuten habe, ein für allemal vertrieb. Ich habe also die als Praxis getarnte Ladenwohnung von Herrn Berg, der im übrigen auch keinen Doktortitel hatte, lediglich ein Diplom in Psychologie, was weniger als nichts ist, als ein angstfreier Mensch verlassen, so glaubte ich zumindest. Aber es hat sich dann sehr bald herausgestellt, daß mir die wenigen Sitzungen bei Herrn Berg nur dazu verholfen haben, keine Angst mehr vor Herrn Berg zu haben, was insofern kein besonders hilfreiches Resultat war, als ich ja, bevor ich zu Herrn Berg gegangen war, auch keine Angst vor ihm hatte.

Ich konsultierte daraufhin wieder Dr. Bruckner und teilte ihm mit, daß ich erstens das mir von ihm verschriebene Medikament nicht mehr nähme, da es eben genau jene Symptome hervorrufe, vor denen es mich bewahren solle, und daß ich mich außerdem von Herrn Berg getrennt hätte, da er mir zu jung, zu ängstlich und überhaupt nicht wie ein Psychotherapeut vorkomme, eher wie ein Diplompsychologe, was für mich, ehrlich gesagt, weniger als nichts sei. Mir gehe es nun vor allem darum, einen wirklichen Analytiker zu finden, und Dr. Bruckner, den ich als Neurologen und Facharzt für Nerven- und Gemütskrankheiten, nicht aber als einen Psychoanalytiker aufgesucht hatte, sagte mir ohne Umschweife und zugleich so desinteressiert, als gehe es ihn überhaupt nichts an: »Gut, dann kommen Sie zu mir.« Das war der Anfang meiner Therapie bei Dr. Bruckner, den ich daraufhin als einen Menschen kennenlernen sollte, von dem ich nie genau wußte, ob es sich bei ihm um einen gesunden und darum ganz gewöhnlichen Menschen handelte, der die Rolle eines skurrilen, exzentrischen Psychoanalytikers spielte, oder ob er nicht vielmehr ein zutiefst Gestörter war. Dieses Problem teilte ich in gewisser Weise mit den verschiedenen Krankenkassen beziehungsweise mit der von Dr. Bruckner immer als ÄRSCHEKAMMER titulierten Ärztekammer, die in einer langen Serie von Prozessen dem Arzt die Zulassung als Analytiker zu entziehen versuchte, was von Fall zu Fall auch gelang, bis sich Dr. Bruckner seine Zulassung in Gegenprozessen wieder zurückeroberte. Der Stand der Auseinandersetzungen ließ sich an Dr. Bruckners Praxisschild ablesen, auf dem er die Zusätze PSYCHOTHERAPIE und ALLE KASSEN immer dann, wenn er wieder einmal als Verlierer aus einem Prozeß hervorgegangen war, mit einem Streifen Leukoplast überkleben ließ. Die psychoanalytischen Sitzungen bei Dr. Bruckner spielten sich zu Beginn und während der ersten Monate der Therapie nach einem einfachen Muster ab: Ich lag in dem kleinen Einzelbehandlungszimmer des Arztes auf der Couch und schwieg, und Dr. Bruckner saß hinter mir an seinem Schreibtisch und schwieg ebenfalls. Manchmal griff er zum Telefon und führte seltsame Telefongespräche in französischer Sprache, was mich zwar störte, aber auch erleichterte, denn während er telefonierte, war mein Schweigen kein selbstverschuldetes, sondern ein von Dr. Bruckner erzwungenes Schweigen. Die übrige Zeit schwieg ich in erster Linie, weil Dr. Bruckner schwieg, und Dr. Bruckner schwieg, wenn er nicht telefonierte, weil ich schwieg, so jedenfalls vermutete ich. Mir wäre es, nachdem ich mich auf die Couch gelegt hatte, völlig unmöglich gewesen, auch nur ein einziges Wort zu sagen, ehe nicht Dr. Bruckner irgend etwas gesagt hätte. Doch Dr. Buckner sagte niemals irgend etwas, und deshalb sagte auch ich niemals irgend etwas. Nur ein einziges Mal gelang es mir, eine Frage an ihn zu richten, was ich, so wußte ich hinterher, lieber nicht hätte tun sollen. Über der Tür seines Behandlungszimmers, auf die ich zu starren gezwungen war, wenn ich nicht an die Decke starrte oder die Augen schloß, war ein breiter Papierstreifen mit einer hebräischen Aufschrift befestigt, und ich fragte meinen Analytiker nach wochenlangen Skrupeln und mit klopfendem Herzen, was diese Aufschrift zu bedeuten habe, worauf er mir antwortete, daß mich niemand auf der Welt daran hindere, Hebräisch zu lernen, so daß ich beschloß, niemals wieder eine Frage an Dr. Bruckner zu richten und schon gar nicht Hebräisch zu lernen, sondern lieber weiterhin zu schweigen und auf die unverständliche Aufschrift zu starren, und dies, wenn es denn sein sollte, bis in alle Ewigkeit. Doch dazu sollte es nicht kommen, denn schon nach einigen Monaten unausgesetzten Schweigens und vieler Telefongespräche, die Dr. Bruckner zuletzt regelmäßig während unserer Sitzungen mit seinem französischen Gesprächspartner führte, sagte er zu mir: »Nächste Woche kommen Sie in die Gruppe.« Das war für mich ein ziemlicher Schock, denn eine Gruppenpsychotherapie, auch wenn sie von einem Neurologen und Psychoanalytiker durchgeführt wird, ist in Wahrheit nicht viel mehr wert als eine Einzeltherapie, die von einem Diplompsychologen durchgeführt wird, also weniger als nichts. Ich sagte Dr. Bruckner, während ich schon in der Tür des Behandlungszimmers stand und er in irgendwelchen Unterlagen blätterte, daß mir das überhaupt nicht recht sei und ich mir auch keinerlei Nutzen davon verspräche, denn eine Gruppentherapie bei ihm sei für mich nicht sehr viel mehr und eher vielleicht noch weniger wert als eine Einzeltherapie bei einem Diplompsychologen, und daß ich eine Einzeltherapie bei einem Diplompsychologen auf keinen Fall mehr machen wolle, worauf mir Dr. Bruckner antwortete, daß niemand und nichts mich daran hindere, auf seine Gruppentherapie und alle Psychotherapien dieser Welt zu verzichten, daß ich absolut frei und unabhängig sei und tun könne, was ich immer wolle, und daß sich außerdem Hunderte, wenn nicht Tausende von Patienten danach drängten, einen Platz in seiner Gruppentherapie zu ergattern, worauf ich die Tür zuwarf, weil der Arzt schon wieder in den Unterlagen blätterte, und beschloß, auf jeden Fall in seine Gruppentherapie zu gehen und solange zu schweigen, bis Dr. Bruckner einsähe, daß für mich nur eine Einzeltherapie in Frage komme und nie und nimmer eine Gruppentherapie.

Natürlich habe ich in den darauffolgenden Tagen, Monaten und Jahren immer wieder darüber nachgedacht, warum sich Dr. Bruckner so plötzlich entschlossen hatte, mich in die Gruppentherapie zu schicken, das heißt, mich als EINEN VON VIELEN zu behandeln und nicht mehr als den EINZIGEN. Und natürlich habe ich sofort gedacht, daß es entweder mit der hebräischen Aufschrift über seiner Tür zusammenhängen müsse oder aber mit den vielen und geheimnisvollen Telefongesprächen. Aber da mir das Französische ebenso fremd wie das Hebräische ist, konnte ich mir von den vielen Telefonaten niemals ein rechtes Bild machen. Immerhin hat es mich manchmal doch verwundert zu hören, wie Dr. Bruckner nach seinem telefonischen »Hallo« und »Bonjour, ici Bruckner« des öfteren ebenso wie ich in ein andauerndes Schweigen verfiel. Ein Schweigen, das gewöhnlich fünf bis zehn Minuten dauerte und nur von seinem schweren Atem und meinem eigenen hämmernden Herzschlag unterbrochen wurde, der nicht nur meinen Körper, sondern den ganzen Raum zu erschüttern schien. Deshalb war es immer wie eine Erlösung für mich, wenn der Arzt nach einem kurzen und stöhnenden »Au revoir, au revoir, Monsieur« den Hörer wieder auf die Gabel legte, um sich meinem oder besser gesagt unserem gemeinsamen Schweigen zuzuwenden. Zumal ich vermutete, daß auch der französische Gesprächspartner Dr. Bruckners nichts anderes tat, als das Schweigen des Arztes seinerseits mit Schweigen zu beantworten, und dies möglicherweise in Anwesenheit einer weiteren ebenfalls schweigenden Person, so daß wir zu dritt oder gar zu viert eine absolut verschwiegene Gemeinschaft bildeten. Erst sehr viel später habe ich erfahren, daß Dr. Bruckner viele Jahre in Paris gelebt und dort seine Ausbildung zum Psychoanalytiker erhalten hatte und daß er noch immer, obwohl er ein Mann von annähernd sechzig Jahren war, alle zwei Monate ein Flugzeug bestieg, um eine sogenannte Supervisionssitzung bei seinem ehemaligen Lehranalytiker abzuhalten. Ebenfalls erst sehr viel später erfuhr ich, daß dieser Lehranalytiker von Dr. Bruckner ein sehr berühmter und lange Zeit vielleicht der berühmteste Pariser wenn nicht europäische Psychoanalytiker war, der sich zuletzt insbesondere dadurch einen Namen gemacht hatte, daß er seine legendär gewordenen Kurztherapien einführte, die nicht länger als zehn Minuten dauerten und in denen man, wie er behauptete, ebenso erschöpfend ein HOMOSEXUELLES ANALES GEBURTSTRAUMA MIT KAISERSCHNITT besprechen könne wie in einer einstündigen Sitzung, falls man so etwas überhaupt besprechen könne. Nichts lag also näher, als aus diesen Informationen zu schließen, daß der berühmte Mann auch telefonische Kurztherapien durchführte, und dies vor allem mit seinen ehemaligen Lehranalysanden, die ja in der ganzen Welt oder zumindest doch in ganz Europa praktizierten und, ebenso überlastet wie der berühmte Arzt, selbst tagaus tagein von schweigenden Patienten mit Beschlag belegt wurden. Diese Erklärung wäre mir auf jeden Fall die liebste gewesen, denn sie verband mich, der ich bei Dr. Bruckner auf der

Couch gelegen hatte, ebenfalls mit dem damals bedeutendsten aller Psychoanalytiker, was meinem Bedürfnis, DER EINZIGE UNTER DEN VIELEN zu sein, auf besondere Weise entgegenkam. Leider mußte ich dann von einem anderen Patienten, der wie ich monatelang die Tür und die Decke von Dr. Bruckners Einzelbehandlungszimmer angestarrt hatte und dessen Frage nach der hebräischen Aufschrift über der Tür mit der gleichen ärgerlichen Antwort beschieden wurde, erfahren, daß Dr. Bruckner während der folgenden Sitzungen mit diesem Patienten geheimnisvolle Telefongespräche in englischer Sprache zu führen pflegte, nachdem dieser mit querulatorischer Energie geantwortet hatte, er werde erst einmal richtig Englisch lernen wollen, bevor er Hebräisch oder etwas anderes lerne. Diese mich überaus verwirrende Information hatte zur Folge, daß ich aufs neue, ebenso wie die von Dr. Bruckner sogenannte ÄRSCHEKAMMER, Zweifel an der geistigen Verfassung meines Therapeuten bekam und je nach meiner Stimmungslage annehmen mußte, daß es sich bei ihm entweder um einen speziell ausgebildeten Psychoanalytiker handeln mußte, der sowohl mit seinem Pariser wie auch mit seinem Londoner Lehranalytiker telefonische Supervisionssitzungen abhielt, oder aber um einen mehr oder weniger Wahnsinnigen, der imaginäre Telefongespräche mit einem toten Gegenstand, seinem Telefonhörer führte. Obwohl ich während der folgenden Gruppensitzungen zum erstenmal Gelegenheit hatte, Dr. Bruckner über längere Zeit von Angesicht zu Angesicht zu betrachten, ist es mir auch während dieser Zeit nicht gelungen, die Frage nach der Geistesverfassung meines Analytikers auch nur annähernd zu beantworten. Und ebensowenig ist es mir in den dreieinhalb Jahren, in denen ich die dunkle und mit Akten vollgestopfte Altbauwohnung in einer der Seitenstraßen des Kurfürstendamms aufsuchte, gelungen, auch nur eine annähernd schlüssige Antwort auf die Frage nach meiner eigenen Geistesverfassung zu finden, obwohl mir der Zufall erlaubte, einen Blick in meine Krankenakte zu werfen, die auf dem Schreibtisch von Dr. Bruckners abwesender Sekretärin lag. Unter dem Stichwort »Diagnose« bescheinigte mir der Arzt sowohl eine »Narzißtische Charakterneurose« als auch eine »Schizoide Fehlentwicklung«, was mir allerdings nicht allzuviel sagte und sich zudem, soweit ich das mit meinem laienhaften Wissen beurteilen konnte, eher widersprach als ergänzte. Andererseits nahm ich nicht ohne Stolz zur Kenntnis, daß Dr. Bruckner in meinem Fall gleich mehrere Diagnosen stellen mußte, es sich bei mir also um einen komplizierten Fall, eine diagnostische Herausforderung zu handeln schien. Wobei mir der Befund der Narzißtischen Charakterneurose weniger interessant vorkam, während die Schizoide Fehlentwicklung den Grenzbereich des Pathologischen, des Irreseins berührte, was meinem Wunsch, der Einzige unter den Vielen zu sein, weitaus mehr entgegenkam als die Narzißtische Charakterneurose, unter der, wenn nicht alle, so doch die meisten von uns leiden. Leider mußte ich schon bald nach Beginn der Gruppentherapie feststellen, daß auch die Schizoide Fehlentwicklung weitaus verbreiteter ist, als ich geglaubt hatte, und daß es sich bei mir, angesichts der Verhaltensweisen und Eigenarten einiger meiner Mitpatienten, um einen relativ harmlosen Fall von Fehlentwicklung handeln mußte. Denn ich habe weder meinen Kindern mit einem Bügeleisen die Füße verbrannt, noch hatte ich es mir zur Angewohnheit gemacht, die eigenen Exkremente im Kühlschrank aufzubewahren. Dr. Bruckner schienen die pathologischen Verhaltensweisen seiner Patienten nicht besonders zu belasten. Ja, er schien sich sogar außerordentlich wohl in der Gesellschaft von Koprophagen, Hebephrenen und Sadisten zu fühlen. Er saß im Kreis seiner Patienten, streichelte seinen Bart, hielt sich den Bauch, räkelte sich, grunzte, rückte sich seine kleine weiße Kappe zurecht, von der er noch ein weiteres Exemplar in schwarz besaß, und zog, wenn es ihm zu warm wurde, Schuhe und Socken aus, um dann, während er die Socken in die Jackentaschen stopfte, mit undurchdringlicher Miene im Kreis herumzublicken. Wenn die Gruppe in depressives Schweigen versank und selbst die manischen Patienten nicht mehr wußten, wie sie ihren normalerweise unaufhörlichen Redestrom noch fortsetzen sollten, begann er, um nicht einzuschlafen, Anekdoten aus seiner Praxis zu erzählen und sich am pathologischen Lauf der Welt zu erfreuen. Das waren Geschichten von muttermordenden Studienrefrendaren und sodomitischen Kleingärtnern, und ich muß gestehen, daß ich mich angesichts dieser Geschichten einigermaßen gesund und normal fühlte. Meine Tierliebe hielt sich in

Grenzen, und der Schuldienst war für mich ebenso wie der Muttermord die letzte aller möglichen Perspektiven. Selbst den manischen Patienten fühlte ich mich überlegen in meinem unablässigen Schweigen. Immerhin, so sagte ich mir, hatte ich hier in der Gruppe einen Ort, um zu schweigen ohne allein zu sein. Wenn es mir dabei auch nicht besser ging als zuvor, so ging es mir zumindest auch nicht schlechter. Ein einziges Mal hatte ich versucht, mein Schweigen in der Gruppe zu brechen, doch auf meine Frage an Dr. Bruckner, worüber er promoviert habe, ich wollte ihm intellektuell imponieren, sah er mich nur durchdringend an, knöpfte sein Hemd auf, hielt mir seine fette und haarige Männerbrust entgegen und sagte: »Wollen Sie mal?« Dann lachte er, erhob sich und verschwand in der kleinen Toilette, die sich gleich neben dem Gruppenraum befand. Dort hörten wir, wie er sich kräftig entleerte, die Spülung rauschte, und Dr. Bruckner kehrte, begleitet von einer übelriechenden Wolke, in den Gruppenraum zurück und setzte sich auf seinen Stuhl, in die verzweifelt depressive Runde schauend mit dem Gesicht eines gütigen Weisen. Seit diesem Tag war es endgültig um mich geschehen, und ich wußte, niemals wieder würde ich auch nur ein einziges Wort in dieser Gruppe sagen, es sei denn, Dr. Bruckner forderte mich dazu auf. Er hat es nicht getan, und irgendwann konnte er es auch nicht mehr tun, denn eines Tages fand man ihn, vergiftet von einer Überdosis Schlaftabletten, ausgestreckt auf seiner schwarzen ledernen Couch.

III.

Nachdem ich seit meinem siebzehnten Lebensjahr fast jeden Sommer nach Italien gefahren war und mir nicht mehr allzuviel von diesem Land erhoffte, trat ich eine Stelle an als Deutschlehrer an einer süditalienischen Universität. Ich hätte ebensogut an einer norditalienischen Universität arbeiten können, doch der Zufall wollte es, daß mich die Organisation, die jüngere deutsche Hochschulabsolventen an italienische Universitäten vermittelte, in den Mezzogiorno schickte, dieses restlos erschöpfte und mit allen Übeln der Zivilisation geschlagene Stück Erde. Ich setzte mich am Bahnhof Zoo in den Zug, streifte München, Florenz, Rom und Neapel und suchte, nach einer zermürbenden Nachtfahrt, in Salerno ein Hotel in der Nähe des Bahnhofes auf, das den Namen HOTEL SALERNO trug, wo ich die nächste Zeit, es war November, und es herrschte arktische Kälte, frierend und mit entzündeten Atemwegen zubrachte. Obwohl Salerno direkt am Meer liegt und ich mir die Welt des Südens noch immer wie ein – wenn auch verlorenes – Paradies vorstellte, gelang es mir nicht, diese schmutzige und von grauen Schlieren durchzogene Betonfläche, die ich vom Toilettenfenster meines Hotelzimmers aus sehen konnte, als DAS MEER auszumachen, als welches es sich ausgab. Hätte nicht der Herbstwind immer wieder die graue steinerne Fläche in Aufruhr gebracht und wäre nicht die

Abendsonne zuweilen mit grandiosen feurigen Gebärden in dieser riesigen und trostlosen Einöde versunken, ich hätte das Meer weiterhin als einen Mythos aus uralten Zeiten betrachtet, den aufzuklären eine schwache, mit Furcht und Blindheit geschlagene Menschheit sich noch immer nicht entschließen konnte.

Da der Beginn des Akademischen Jahres aus für mich unbegreiflichen Gründen auf Anfang Dezember verlegt wurde und niemand erreichbar war, nicht einmal meine unmittelbare Vorgesetzte am Sprachinstitut der Universität – sie wohnte in Rom und hatte in Genua einen weiteren Lehrauftrag –, war der einzige Mensch, mit dem ich in Salerno Kontakt hatte, der Portier des Hotels Salerno. Dieser war nach Dr. Bruckner leider einer der schweigsamsten und verschlossensten Menschen, denen ich in meinem Leben begegnet bin, und schon meine Frage nach einem freien Zimmer hatte er lediglich mit einem müden und angeekelten Augenaufschlag beantwortet, aus dem weder ein Ja noch ein Nein abzuleiten gewesen wäre, hätte er mir nicht zugleich einen Zimmerschlüssel auf den Tresen gelegt. Das Zimmer, das mir der Portier zuwies, hatte den großen Vorteil, kein Fenster zu besitzen, sondern nur eine schräggestellte Milchglasscheibe, die auf den neonerleuchteten Korridor führte. So brauchte ich gar nicht erst der Versuchung zu widerstehen, melancholisch aus dem Fenster zu blicken und den verlorenen Panoramen nachzutrauern, die es sicherlich auch hier einmal gegeben hatte. Auch das Fehlen einer Heizung und jeglicher Wärmequelle konnte ich leicht mit ein paar drahtharten Wolldecken ausgleichen, die auf dem Kleiderschrank lagen, worauf mich der Hotelboy, der meine Koffer die vier Stockwerke hinaufgezerrt hatte, erbarmungsvoll hinwies. Die drahtharten Decken und einige verbogene Kleiderbügel waren die einzigen Serviceleistungen, die das Hotel Salerno zu bieten hatte. So vermutete ich jedenfalls. Um so größer war mein Erstaunen, als der Hotelboy, schon auf das Trinkgeld und meine besondere Zuneigung lauernd, aus seiner Jackentasche ein zerlesenes Pornoheft hervorzog und mir zuflüsterte, ich könne es gern ein paar Tage behalten. Statt in Tränen auszubrechen, um dem ständig steigenden Druck in meiner Brust nachzugeben, bewahrte ich Haltung, sagte »No grazie« und schickte den Boy ohne Trinkgeld hinaus, was dieser mit einem gedachten, aber nicht ausgesprochenen »Vaffanculo« beantwortete. Ich streckte mich auf dem Doppelbett aus, das aus zwei zusammengeschobenen Eisenpritschen bestand, wählte die Nummer der Rezeption und fragte den stummen Portier, ob man in diesem Hause etwas zu trinken bekommen könne, Bier oder Wein, »Niente birra, niente vino« war die Antwort, die ich mir leicht als die italienische Fassung von »Nix Bier, nix Wein« zurechtlegen konnte. Ich sagte »Danke, es macht nix« in den schon wieder brummenden Telefonhörer, kramte in meinem Koffer nach meiner Reiselektüre, dem MANN OHNE EIGENSCHAFTEN, rollte mich in die Drahthaardecken und schlief, eine aufsteigende Gripppe im

Leib, einen traumschweren Schlaf, ohne auch nur die erste Seite des Buches zu Ende gelesen zu haben. Um genau zu sein: schon der zweite Satz hatte meiner Erschöpfung nicht standhalten können. Als ich am nächsten Morgen mit schmerzenden Gliedern erwachte, wußte ich nicht, ob es Tag oder Nacht war, denn durch die Milchglasscheibe dämmerte das ewig grüne Neonlicht. Ich kletterte auf die Kloschüssel, streckte meinen Kopf durch das Toilettenfenster und sah einen regenverhangenen Himmel, der schwer auf die tote graue Wasserfläche des Golfes von Salerno drückte. Jenseits des Golfes erhob sich schemenhaft ein kahler Gebirgszug, über den sich eine hohe, auf spinnenbeinartigen Stelzen erbaute Autobahnbrücke spannte, die in das Hinterland führte, das den Golf von Salerno mit dem Golf von Neapel verbindet. Aus den Straßen der Stadt drang donnernder Verkehrslärm herauf, es mußte bereits später Vormittag sein, und ich machte mich auf die Suche nach dem Frühstück. In der Empfangshalle traf ich auf den Portier, der unbewegt hinter seinem Tresen saß. Meine Frage nach dem Frühstücksraum beantwortete er mit der Frage, wie lange ich denn noch im Hotel bleiben wolle, und ich sagte, daß ich sicherlich noch ein paar Tage bleiben würde, vielleicht sogar Wochen, es hänge von den Umständen ab, worauf er erwiderte, wenn ich länger als zwei Nächte bliebe, dann müsse ich für sieben Nächte im voraus bezahlen. Auf meinen Einwand, daß dies doch ziemlich ungewöhnlich und auch wenig logisch sei, denn möglicherweise bliebe ich ja nur drei oder vier Tage, hätte dann aber bereits für sieben Tage bezahlt, zuckte er nur angewidert mit den Augenbrauen und nannte mir die Summe, die einem Aufenthalt von sieben Tagen entsprach. Der Frühstücksraum, in den mich der grinsende Boy führte, erwies sich als eine menschenleere Halle, in der dreihundert Personen hätten frühstükken können. Die Tische und Stühle waren mit grauen zerschlissenen Laken abgedeckt, wie man es von den verlassenen Sommerhäusern aus Tschechows Dramen kennt. Der Boy, der nun nicht mehr grinste, sondern pfiff, führte mich an das äußerste Ende des Saales, nahm die Laken von Tisch und Stühlen und verschwand, nicht ohne mir noch einmal ins Gesicht zu sehen. Da ich der einzige Frühstücksgast war und wohl auch bleiben sollte, legte ich, zum Schutz gegen meine Einsamkeit, den MANN OHNE EIGENSCHAFTEN vor mich hin und begann noch einmal mit den ersten und, wie ich wußte, epochemachenden Sätzen des Romans. Das Frühstück, das mir der Boy servierte, bestand aus einem Cappuccino ohne cappuccio, das heißt ohne Schaum und ohne Kakaopulver, und einem Cornetto confezionato, einem Fertigteilhörnchen mit einer zu Staub gewordenen Aprikosenmarmeladefüllung. Ich frühstückte, so gut es eben ging, ließ meine Augen durch den von imaginären russischen Landadeligen bevölkerten Saal schweifen und bewunderte die Musilsche Kunst, auf so gänzlich verschiedene Weisen vom Wetter zu reden. Das Wetter in Musils Roman war, zumindest am Anfang, gut. Das Wetter in Salerno dagegen und wahrscheinlich im gesamten Mezzogiorno war schlecht, und ich beschloß, mit Rücksicht auf meinen fiebrigen Kopf und meine schmerzenden Glieder, nicht nur auf einen Spaziergang durch das völlig verdunkelte Salerno zu verzichten, sondern, der Gedanke an mein Hotelzimmer bestärkte mich darin, mit dem nächsten Zug nach Rom zu fahren. Flüchten wollte ich auf keinen Fall, das war ich meinem Stolz und meinen finanziellen Verhältnissen schuldig. Aber wegfahren. Nach Rom. Rom war der Norden. Rom war die Freiheit. Rom war der Ort, wo ich dem starr verharrenden Portier entkommen konnte. Und in Rom wohnte die Direktorin des Sprachinstitutes, die meiner Lage eine entscheidende Wendung geben konnte. Als ich dem Portier meine Abreise ankündigte, zuckte er nur gleichgültig mit den Achseln und gab mir den Personalausweis zurück. Da ich nur eine Nacht im Hotel Salerno verbracht, aber bereits für sieben Nächte bezahlt hatte, bat ich den Portier, mir das Geld für die restlichen sechs Nächte zurückzuerstatten. Obwohl ich meine Bitte in fließendem Italienisch vortrug, schien der Portier kein einziges Wort von meiner Rede zu verstehen. Er sah mich mit leeren Augen an und verfiel sofort wieder in seinen Zustand. Ich wiederholte meine Bitte in einem schärferen Ton, denn es handelte sich um eine nicht unerhebliche Summe, woraufhin der Portier mich mit einem erbitterten und wütenden Redeschwall überschüttete. Es war ein Gemisch aus Worten und Geräuschen, mehr Musik und Sprache, wenn auch eine sehr häßliche Musik, begleitet von Achselzucken, Mundwinkelzucken, Augenbrauenzucken und den berühmten neapolitanischen

Fingergesten, die man normalerweise mit einem Messerstich beantwortet. Die Kosten, sagte er, die Preise, das Geld, die Dusche, das warme Wasser, das Personal, die Mafia, die Camorra, die 'Ndrangheta, die Reisegesellschaften, wir haben einen Frühstücksraum für drei- bis vierhundert Personen, aber wir haben nur einen einzigen Frühstücksgast, und das sind Sie Professore, er nannte mich Professore, der Luxus, der Überfluß, die Sparsamkeit, die Armut, die Verzweiflung, der Süden überhaupt, die Autobahngebühren, die Polen, die Araber, ich wisse doch, wir wüßten doch, Professore, das Erdbeben, die Wohncontainer, wer will schon in einem Wohncontainer wohnen, ich wollte nicht, ob ich denn gar keinen Respekt hätte, keinen Geschmack, keine Kultur, keine Zivilisation, ich hatte, ich hatte, doch er hörte mir nicht zu, sondern redete sich in einen Rauschzustand, der mich nun meinerseits erstarren ließ. Wir einigten uns schließlich auf einen Kompromiß, der darin bestand, daß er mir eine Nacht zurückerstattete und ich für sechs Nächte bezahlte, was für mich nichts anderes bedeutete, als daß er mir die einzige Nacht, für die ich wirklich zu zahlen hatte, gratis überließ, denn sie war ja auch ihr Geld nicht wert gewesen, und daß ich ihm aus Schwäche, Kleinmut und Verzweiflung den Rest des Geldes schenkte.

Rom empfing mich mit offenen Armen, schrieb einmal ein verschlossener deutscher Dichter. Rom empfing mich überhaupt nicht. Es bemerkte meine Ankunft nicht einmal. Es ignorierte mich. Ich deponierte meine Koffer in der Gepäckaufbewahrung, kaufte mir die FAZ, die SÜDDEUTSCHE und die NEUE ZÜRCHER und fuhr in einem überfüllten Autobus, in dem man nicht einmal ein Gebetbuch hätte aufschlagen können, bis zur Piazza Bologna. Giovanna, die Direktorin des Sprachinstituts, wohnte in einem monumentalen Mietshaus aus den dreißiger Jahren. Nachdem mich die Portiersfrau, die in einer von zwei Säulen gesäumten quadratischen Glaskabine ihren Dienst versah, telefonisch angemeldet hatte, stand ich schließlich vor Giovannas Wohnung. Ein nicht ganz schlanker Mann mit müden Augen, der sich als Roberto und Giovannas Ehemann vorstellte, ließ mich herein. Unwirsch und gänzlich uninteressiert an meinen Erklärungen, sagte er nur, Giovanna sei heute morgen aus Genua, wo sie einen Lehrauftrag habe, abgereist und müsse jeden Moment eintreffen. Wenn ich wolle, könne ich warten. Ich dankte und folgte Roberto in die Wohnung. Zwei ungefähr sechs- bis achtjährige Kinder tobten durch sämtliche Räume und führten wilde Ritterspiele auf. Roberto setzte sich, ohne die Kinder zu beachten, in einen Sessel, in dem er anscheinend schon vorher gesessen hatte und schaute auf den laufenden Fernseher. Ich sagte, um irgend etwas zu sagen, »Ah, Sie schauen fern«, woraufhin Roberto mit der Fernsteuerung den Ton des Fernsehers lauter stellte. Giovannas Ehemann, der physiognomisch nicht unbedingt an einen Schwimmer erinnerte, schaute Schwimmen, und mir blieb nichts anderes übrig, als ebenfalls Schwimmen zu schauen. Obwohl ich nichts gegen das Fernsehen habe, gehört Schwimmen zu den Dingen, die ich nur schwer im Fernsehen ertrage. Zumal es sich nicht um eine Welt-, Europa- oder italienische Meisterschaft handelte, sondern um einen Regionalwettbewerb der Region Latium. Dieser Wettbewerb wurde außerdem von RETECAPRI übertragen, einem Regionalsender, dessen Übertragungsqualität die drei Bestandteile, die das Schwimmen wesentlich ausmachen, Wasser, Luft und schwimmende Athleten, zu einem elektronischen Brei verrührte. Überdies mußte es sich um eine Art Langstreckenschwimmen handeln, denn es war kein Ende des Hin und Hers abzusehen. Um dem schweigenden Roberto und den entfesselten Kindern zu entgehen, die immer wieder mit ihren Plastikschwertern auf Robertos Schädel einschlugen, was dieser brüllend quittierte, ohne die Augen auch nur einen Moment von dem Bildschirm abzuwenden, stellte ich mich ans Fenster und blickte auf die Piazza Bologna. Der Platz war nichts als eine riesige Baustelle, umgeben von düsteren, leblosen Hochhäusern mit stacheldrahtbewehrten Balkonen und alarmgesicherten Türen, hinter denen die Bewohner ihren Wochenendschlaf hielten. Das Telefon läutete, und ich wandte mich wieder dem Geschehen in der Wohnung zu. Die beiden Knaben rissen einander wie toll den Hörer aus der Hand, bis Roberto dem Kampf ein Ende machte und den Hörer in seinen Besitz brachte. Er lauschte eine halbe Minute schweigend in den Apparat, dann warf er den Hörer auf die Gabel, setzte sich in den Sessel, schaltete mit der Fernbedienung den Fernseher aus und sagte mit tonloser Stimme: »Giovanna kommt erst morgen.« Auch die beiden Knaben schienen wie vom Schlag gerührt. Sie standen stumm nebeneinander, ließen ihre Schwerter hängen, glotzten auf den Fernseher, dann auf den Vater und schließlich auf mich. Ich wandte mich zu Roberto und sagte »Dann gehe ich wohl«, Roberto sagte »Gut«, die Kinder hielten mir die Wohnungstür auf, und ich verschwand mit meiner Plastiktüte voller deutscher Zeitungen in den Straßen der Ewigen Stadt.

IV.

Nach vielen Jahren der Abwesenheit führte mich eine Einladung zum Geburtstag meines ältesten Bruders zurück in den Ort, in dem ich geboren bin. Auch wenn ich wußte, daß mein Geburtshaus schon vor Jahren einer Straßenerweiterung Platz gemacht hatte, so wurde mir doch erst jetzt bewußt, daß es den Ort meiner Kindheit, die mir noch immer wie ein jederzeit angriffsbereiter Virus im Leibe saß, längst nicht mehr gab. Als ich nach längerer Zugfahrt über die Hauptstraße ging, um noch einmal den Passionsweg der frühen Jahre in mir aufleben zu lassen, die Bruderkämpfe, den Blutgeruch, sah ich nichts als eine wohlhabende, mittelgroße Provinzstadt, geschäftig und undramatisch, wie alle Provinzstädte dieser Region. Und dort, wo einmal die unheimliche Fleischfabrik gestanden hatte, stand nun ein verglaster, mit sanft beleuchteten Ladenpassagen ausgestatteter Gebäudekomplex, in dessen Innenhof ein märchenhaft verspielter Brunnen mit bronzenen Schweinchen errichtet worden war. Die Fleischfabrik war irgendwann in ein weitab gelegenes Industriegebiet verlegt worden, und mit ihr schien auch der gewalttätige Geist verbannt zu sein. Mein ältester Bruder, der es zum Leiter der örtlichen Volkshochschule gebracht hatte, empfing mich, als ich verlegen und mit steifen Schultern vor seiner Haustür stand, mit großer Herzlichkeit, die meine Verlegenheit nur noch verstärkte.

Glücklicherweise rollte, noch ehe die Situation allzu familiär zu werden drohte, der blaue Mercedes von Gerhard, dem Bruder der Frau meines Bruders, auf das rosettenförmige Pflaster der Hauseinfahrt. Wir haben eine Zeitlang Gerhards neuen Wagen bewundert und setzten uns dann zu den anderen Gästen an die gedeckte Kaffeetafel, wo mich Onkel Heinz, ein vom Alkohol schwer gezeichneter, doch mit dem Instinkt für tiefere Wahrheiten ausgestatteter Mensch, ganz unverblümt fragte, wie ich denn mit der Arbeitslosigkeit zurechtkomme und ob ich noch immer alleinstehend sei. Noch ehe ich antworten konnte, hatte Tante Helga, die Frau von Onkel Heinz, ganz plötzlich zu weinen begonnen, und wir haben über Gerhards Facharbeiterlohn gesprochen, der überdurchschnittlich hoch sein mußte, obwohl Gerhard keine Zahlen nennen wollte. Wir haben so lange über Gerhards Facharbeiterlohn gesprochen, bis Gerhards Frau, eine attraktive, wenn auch ziemlich reizbare Blondine, sagte, daß sie keine Lust mehr habe, immer über den gleichen Mist zu reden. Daraufhin ging die Frau meines Bruders ins Bad, und mein Bruder, den seine Frau viel zu dick für seine Größe fand, holte eine Tafel Nußschokolade aus dem Wohnzimmerschrank und aß sie vollständig auf. Als die Frau meines Bruders zurückkam, sagte mein Bruder zu ihr, daß er gerade, während sie im Bad gewesen sei, eine ganze Tafel Schokolade gegessen habe, und der Bruder der Frau meines Bruders und seine Frau brachen in ein ziemlich haltloses Gelächter aus, worauf sich die Frau meines Bruders, die sich gerade das Rauchen abgewöhnt hatte, schnell eine Zigarette aus der Schachtel ihres Bruders ansteckte. Dann sprach sie nicht mehr mit meinem Bruder und starrte rauchend vor sich hin. Nachdem sich Gerhard, seine Frau, Onkel Heinz und Tante Helga verabschiedet hatten und sich die Frau meines Bruders mit lärmenden Aufräumarbeiten beschäftigte, schlug mir mein Bruder einen Spaziergang vor. Da sich die Frau meines Bruders anschickte, nun auch noch den Staubsauger in Betrieb zu nehmen, stimmte ich dem Vorschlag meines Bruders zu. Um das Thema gar nicht erst auf mich und meine persönlichen Belange kommen zu lassen, sprach ich, während wir durch die ostwestfälischen Bruchwiesen gingen, meinen Bruder auf sein neues Eigenheim an, das sich vor allem dadurch auszeichnete, daß es im Erdgeschoß eine rundum offene Küche hatte, von der aus man in alle Räume des Erdgeschosses blicken konnte. Neben der offenen Küche führte eine offene und freistehende Wendeltreppe in das erste und einzige Stockwerk des Hauses, so daß die Frau meines Bruders von ihrem Lieblingsplatz in der Küche aus sowohl das Erdgeschoß als auch den Zugang zum ersten Stock vollständig überblicken konnte. Das architektonische Grundkonzept des Hauses war also das der Offenheit, ein, wie ich fand, beängstigendes Konzept. Meinem Bruder schien das Leben in diesem Haus zu gefallen, obwohl er mir, während wir zwischen den Wiesen umherwanderten, mit unerwarteter Freimütigkeit gestand, eine Glaubenskrise durchzumachen, was für ihn, der immer ein gläubiger Christ gewesen ist, eine äußerst verstörende

Erfahrung war. Auch wenn die Freimütigkeit meines Bruders in mir ein gewisses Gefühl der brüderlichen Rührung bewirkte, so achtete ich doch darauf, dieser Rührung auf keinen Fall nachzugeben, um nicht aufs neue in die Falle der brüderlichen Demütigungen hineinzugeraten. Mein Bruder aber schien nichts gegen mich zu hegen, was mein Mißtrauen nur noch vertiefte, so daß ich, während wir versonnen auf die schaumigen Becken eines neuen, im Bungalowstil errichteten Klärwerks blickten, meinen Bruder fragte, ob seine Glaubenskrise nicht in Wahrheit eine Ehekrise sei, über die er sich mit seiner Glaubenskrise nur hinwegzutäuschen suche. Denn für mich sei eine Ehe, die nicht zugleich auch eine Ehekrise sei, etwas gänzlich Unvorstellbares, zumal bei ihm nun auch noch das Problem des neuen und offenen Eigenheimes hinzukomme. Ich für meinen Teil könne mir nur allzugut vorstellen, daß sich das Konzept des offenen Hauses mehr oder weniger zwangsläufig in ein Konzept des offenen Hasses verwandeln müsse. Schließlich, so fuhr ich fort, müsse er doch Tag für Tag auf engstem Raum mit seiner Frau zusammenleben und hätte auch nicht die geringste Rückzugsmöglichkeit in seinem neuen Haus, da ja selbst sein Arbeitszimmer im Blickfeld der offenen Küche liege und seine Frau es sich gewiß zur Angewohnheit gemacht habe, sich mit ihm von ihrem Arbeitsplatz in der Küche aus durch die offene Tür seines Arbeitszimmers zu verständigen. Wobei ich mir denken könne, daß ihn nicht nur die Tatsache belaste, dauernd irgend etwas rufend gefragt zu werden, wenn er mit sich allein in seinem Zimmer am Schreibtisch sitze, noch viel belastender sei es sicherlich, immer wieder irgend etwas rufend antworten zu müssen, denn er habe ja keine allzu laute Stimme und bringe sich sicherlich durch das immer lauter werdende hin- und hergehende Gerufe um den letzten Rest an geistiger und körperlicher Ruhe. Mein Bruder schien von meinen Ausführungen über die Schwierigkeiten seines Ehelebens nicht sonderlich berührt zu sein und blickte noch immer versonnen und nachdenklich auf die schaumigen Becken des Klärwerks, so daß ich ihm vorschlug, den Rückweg anzutreten. Nachdem wir eine Weile schweigend gegangen waren, sagte mein Bruder, daß er sich ausgesprochen wohl in seinem Haus fühle und daß es nicht zuletzt die Offenheit der architektonischen Konzeption sei, die für dieses Wohlbefinden verantwortlich ist. Zwar habe er bei der Planung des Hauses zunächst darauf bestanden, ein mit einer verschließbaren Tür versehenes Arbeitszimmer zu bekommen, am Ende aber darauf verzichtet, um das Gesamtkonzept nicht zu stören, und in Wahrheit sei es nicht seine Frau, die beständig von der Küche aus immer wieder irgend etwas zu ihm hereinrufe, sondern er selbst rufe, wenn er allein in seinem Arbeitszimmer am Schreibtisch sitze, immer wieder irgend etwas zu seiner in der Küche hantierenden Frau heraus. Das rufende Hin und Her mit seiner Frau sei zwar anstrengend, sagte mein Bruder, da weder er noch seine Frau eine besonders laute Stimme hätten, aber es gebe ihm ein Gefühl der Geborgenheit, und die Schreibtischarbeit, die er früher immer als sehr mühsam und isolierend empfunden habe, ginge ihm nun viel leichter von der Hand. Allerdings könne er sich sehr gut vorstellen, daß für mich, der ich ja schon immer ein eher verschlossener und einzelgängerischer Mensch gewesen sei, ein Eheleben wohl nicht in Frage käme, aber er wolle sich hierüber kein Urteil anmaßen, zumal er ja, was mich vielleicht wundere, sehr gut wisse, daß ich meinen aus der Kindheit herrührenden Groll gegen ihn noch immer hege, was er mir aber keinesfalls zum Vorwurf machen wolle, denn wenn er an unsere kindlichen Bruderkämpfe zurückdenke, aus denen er als der älteste zumeist als Sieger hervorgegangen sei, dann hätte ich ganz gewiß auch ein Anrecht auf diesen meinen Groll. Nun aber liege unsere Kindheit ja schon mehrere Jahrzehnte zurück und auch er sei längst nicht mehr der, der er einmal gewesen war, so daß mein Festhalten an diesem Groll nur hinderlich sei. Auch er habe Wunden davongetragen, diese jedoch seien mit den Jahren verheilt, und das nicht zuletzt auch wegen seines wohl spannungsreichen, aber auch sehr glücklichen Ehelebens, das ihn gelehrt habe, auf sich und seine Nächsten, zu denen er im übrigen auch mich zähle, mit Liebe, Achtung und Respekt zu blicken. Nach diesen für mich überraschenden Bekenntnissen fühlte ich mich von meinem ältesten Bruder ein weiteres Mal besiegt und trottete schweigend und mit Schuldgefühlen neben ihm her, bis wir das Haus erreichten, wo uns seine Frau gutgelaunt empfing und augenzwinkernd sagte, daß sie sich ihren Zorn mit dem Staubsauger aus dem Leibe gesaugt habe, das sei noch immer die beste Therapie. Dann setzten wir uns zu Bier und Käsebroten an den Wohnzimmertisch, und mein Bruder und seine Frau unterhielten sich auf die vergnüglichste Weise über Gerhards blauen Mercedes und die Tafel Schokolade, die mein Bruder am Nachmittag verzehrt hatte. Das tue er immer, sagte seine Frau, wenn ihm die Verwandtenbesuche und vor allem der überdurchschnittliche Facharbeiterlohn ihres Bruders Gerhard auf die Nerven gingen, und sie falle jedesmal aufs neue darauf rein und beginne wieder mit dem Rauchen. Aber so sei es eben, wenn man verheiratet ist. Nach dem Essen zog ich mich ins Gästezimmer zurück und ging erschöpft zu Bett. Noch ehe ich die Augen schließen konnte, entdeckte ich ein großes gerahmtes Foto an der Wand, das mich und meinen ältesten Bruder Arm in Arm auf einem Spielplatz zeigte, wo wir, so schien es, einen fröhlichen Nachmittag verbracht hatten. Ich konnte mich weder an den Spielplatz noch an auch nur einen einzigen vergnügten Nachmittag in Gesellschaft meines ältesten Bruders erinnern. Falls es ihn wirklich gegeben hat, dann war er wie alles Erfreuliche, was mir in meiner Kindheit möglicherweise widerfahren ist, unwiederbringlich verschollen.

V.

Die einzige Stellenausschreibung, von der ich mir nach monatelanger Arbeitssuche einen gewissen Erfolg versprach, war eine Annonce der Katholischen Universität Lublin, die einen Dozenten für deutsche Gegenwartsliteratur suchte. Ich sandte eine Bewerbung nach Lublin und erhielt bereits nach vierzehn Tagen einen positiven Bescheid, der mit der Bitte verbunden war, die Gastdozentur so schnell wie möglich anzutreten. Daraufhin buchte ich einen Flug bei der polnischen Fluggesellschaft LOT, teilte der Universität telegrafisch meinen Ankunftstag mit und landete an einem kalten und feuchten Februarmorgen auf dem Warschauer Flughafen. Dort setzte ich mich in den Bus und fuhr über die von Tankstellen, Lagerhäusern, schäbigen Wohnblocks und riesigen SONY-Reklameschildern gesäumte Zufahrtsstraße zum Hauptbahnhof, wo ich in eine fahle, mit gelbem Neonlicht erleuchtete Unterwelt hinabstieg, in der noch der kalte Atem der Nachkriegszeit wehte. Ich bestieg den Zug nach Lublin, der auch bald den düsteren Bahnsteig verließ und immer weiter und immer tiefer in diese Unterwelt hinabzurollen schien, denn es war für geraume Zeit kein Tageslicht mehr zu sehen, nur das harte Schlagen der Achsen dröhnte. Als der Zug die Erdoberfläche wieder erreicht hatte und ich zum erstenmal in die Gesichter meiner Mitreisenden schauen konnte, war Warschau verschwunden.

Ringsherum Felder, Wiesen, Büsche und Hecken, die von eigentümlicher blaßgrauer Farbe waren, wie mit Asche und Kalk berieselt. In Lublin angekommen, suchte ich zuerst das Bahnhofsrestaurant auf, das mehr an eine Feldküche als an ein Restaurant erinnerte. Das Essen wurde vor den Augen der Reisenden in großen Kesseln gekocht, und ich holte mir von der in heiße Dämpfe gehüllten Köchin das einzige Gericht, das auf dem handgeschriebenen Speisezettel stand. Und hier, in diesem südpolnischen Bahnhofsbüffet, gebeugt über meinen Teller mit Kochfleisch und Kartoffeln, überfiel mich, wie so oft, wenn ich auf Reisen war, das Gefühl, ein wurzellos umherirrender, völlig vereinsamter Mensch zu sein. Doch statt wieder abzureisen, fragte ich mich zur KATOLICKI UNIWERSYTET LUBELSKI durch, wo mich der Leiter der Personalabteilung, ein deutschsprechender Priester, mit ausgebreiteten Armen als Vertreter der deutschen Germanistik und zukünftigen Mitarbeiter empfing. Dieser herzliche Empfang entwaffnete mich, so daß mir nichts anderes übrigblieb, als gute Miene zu meiner heimwehkranken Gemütsverfassung zu machen und dem überschwenglichen Mann ebenso überschwenglich zu entgegnen, wie sehr auch mich es freue, hier eine Dozentur antreten zu dürfen, zumal ja, wie er sicher wisse, die Lage für Akademiker in der Bundesrepublik nicht gerade rosig sei, was der freundliche Mann noch immer freundlich, doch mit einem nicht zu übersehenden Nachlassen seiner Aufmerksamkeit quittierte. Dann wandte er sich, nachdem er mir einen Stuhl angeboten hatte, wieder seinen Geschäften zu, die augenscheinlich darin bestanden, unablässig herein- und wieder hinauseilende, in schwarze Tracht gekleidete Nonnen mit Dienstanweisungen zu versehen, was gar nicht freundlich, sondern im Ton eines strengen Bürovorstehers geschah. Der strenge Ton änderte sich jedoch sofort, als ein kleiner rundlicher Herr erschien, der von einer der Nonnen verständigt worden war und den mir der Priester als Herrn Dr. Sawicki, den Leiter der Germanistischen Abteilung, vorstellte, der sich von nun an um mich und alles weitere kümmern werde. Herr Dr. Sawicki zeigte mir die in einem engen Dachgeschoßraum untergebrachte Bibliothek der Germanistischen Abteilung und führte mich dann durch die inzwischen abendlichen und nur schwach beleuchteten Straßen Lublins in seine Wohnung am Stadtrand. Mein Gastgeber wohnte in einer vom Geruch schlecht brennender Braunkohle gebeizten Neubausiedlung, doch er hatte sich sichtlich bemüht, die engen, niedrigen Räume mit den Requisiten bürgerlich-mittelständischer Geborgenheit auszustatten. Die Wände waren mit goldglänzenden Brokattapeten bedeckt, allerlei Nippes, Glasfläschchen und Porzellanpüppchen, befand sich auf den Regalen und in einer Vitrine, weiße Deckchen lagen auf Tisch und Kommoden, und nur der kleine Schreibtisch, der neben dem auf Hochglanz polierten und von keinem Aschestäubchen getrübten Kachelofen stand, deutete darauf hin, daß ich mich in der Wohnung eines Universitätsdozenten befand. Während ich mich in einem der gepolsterten Sessel niederließ, band sich Herr Dr.

Sawicki eine weiße Küchenschürze um und bereitete das Abendessen zu, das aus einem Dutzend Bockwürsten bestand, die er mit Champignons garnierte. Zu den Würsten und den Champignons tranken wir Wodka aus türkischen Teegläsern, was meinen Gastgeber in einen Zustand lebhafter Erzählfreude versetzte und mir die Gelegenheit gab, mich mit seinem akademischen Werdegang und seinen Forschungsinteressen vertraut zu machen. Herr Dr. Sawicki, der kaschubischer Abstammung war, erforschte die deutsch-kaschubischen Literaturbeziehungen, und seine Laufbahn verdankte er einem gewissen und inzwischen verstorbenen Professor Dr. Jezsek, der ebenfalls Kaschube und lange Zeit Dekan der Literaturwissenschaftlichen Fakultät der Lubliner Universität gewesen war und an den er ganz offensichtlich noch immer mit größter Bewunderung und Anhänglichkeit dachte. Ich, der ich aus dem Westen kam und es gewohnt war, daß man Wert und Bedeutung eines geistig arbeitenden Menschen nach der Anzahl der von ihm publizierten Bücher zu bemessen hatte, fragte Herrn Dr. Sawicki dann auch ziemlich umstandslos, welche Bücher sein ehemaliger Vorgesetzter und Lehrer denn geschrieben habe, worauf sich Herr Dr. Sawicki erschrocken ein weiteres Glas mit Wodka füllte und mit verlegener Miene antwortete, sein Lehrer habe wohl ein paar Artikel in der hauseigenen Universitätszeitschrift publiziert, daß er aber nicht der Mensch gewesen sei, der Bücher schriebe, wie auch er selbst nicht eigentlich ein Mensch sei, der Bücher schreibe, obwohl er es in Wahrheit sehr gern täte, ihn aber vieles, allzu vieles, worüber er jetzt nicht sprechen könne und wolle, davon abhalte. Da ich, wenn auch zu spät, begriffen hatte, einen wunden Punkt im Leben des kaschubischen Dozenten berührt zu haben, wandte ich sogleich ein, daß man ja auch den Wert und die Bedeutung eines Menschen, auch wenn dieser ein Literaturprofessor sei, nicht nach der Anzahl der von ihm geschriebenen Bücher bemessen dürfe, zumal man ja wisse, daß die Bücher, die von Literaturprofessoren geschrieben werden, nichts anderes seien als Zeugnisse einer blutsaugerischen und parasitären Teilhabe an den schöpferischen Hervorbringungen der Schriftsteller, in deren dünne Haut sich die bücherschreibenden Professoren gewissermaßen wie Zecken hineinbohrten, um sich ein ganzes gesichertes Beamtenleben lang vom Blut ihrer Opfer zu nähren. Nun erschrak Herr Dr. Sawicki ein weiteres Mal, und auch ich spürte, daß meine durch den Wodkagenuß außer Kontrolle geratene Zunge einige Worte zuviel gesagt hatte, sprach doch aus ihnen eine unverhohlene Abneigung gegen die Professorenzunft. Eine Abneigung, hinter der sich freilich nichts als Mißgunst und Neid verbarg, denn in Wahrheit erscheint mir weniges auf der Welt so erstrebenswert wie eine gesicherte Existenz als Professor für Literatur. Da weder Herr Dr. Sawicki noch ich dem Abend eine erheiternde Wendung zu geben vermochten und wir nur noch stumm und verlegen vor der fast leeren Wodkaflasche und den Essensresten saßen, schlug ich meinem Gastgeber vor, zu Bett zu gehen, woraufhin er sagte, daß es in seiner Wohnung nur ein einziges

Bett gebe, welches kein wirkliches Bett, nur eine Klappcouch sei, und daß diese Klappcouch, auf der er selbst normalerweise gar nicht schlecht schlafe, diese Nacht natürlich für mich reserviert sei. Er werde die Nacht in der zur Zeit leerstehenden Wohnung eines Kollegen verbringen und über alles weitere könnten wir ja am nächsten Tag noch sprechen. Dann erhob er sich, zog sich seinen Mantel an und verließ schwankend und schweigend die Wohnung. Ich machte es mir auf der Klappcouch bequem und wäre, müde wie ich war, gewiß auch eingeschlafen, hätte mich nicht die unheimliche Stille, die wie Blei auf dem Wohnblock lastete, immer wieder aus den Dämmerzuständen herausgerissen, so daß ich noch stundenlang wachlag und meinen Herzschlag belauschte, der von keinem Laut, keinem Husten, keinem Stühlerücken und keiner Wasserspülung wenigstens für ein paar Sekunden übertönt wurde. Auch am nächsten Morgen, dessen blaßgraues Licht einen sonnenlosen Februartag versprach, hielt die Stille unvermindert an. Noch immer schien sich nichts und niemand in den vielen Wohnungen des Hauses zu bewegen, nur das Schnappen eines Türschlosses war gelegentlich zu hören. Um der Stille zu entkommen, pfiff und summte ich vor mich hin, während ich auf meinen Gastgeber wartete, der zu meiner Überraschung gutgelaunt und mit einem frischen Weißbrot unter dem Arm zurückkehrte. Wir frühstückten, und ohne die geringste Verlegenheit zu zeigen, kam Herr Dr. Sawicki auch sogleich auf den vergangenen Abend zu sprechen, der ihn anscheinend viel weniger verstimmt hatte, als ich befürchtete. Ganz im Gegenteil, er versicherte mir, wie sehr ihm unser abendliches Gespräch gefallen habe und daß ich gewiß der richtige Mann für die Lubliner Dozentur sei und daß wir ganz fraglos auf das beste zusammenarbeiten würden, wobei ihm besonders imponiert habe, daß ich mit keinem Wort nach dem mir zustehenden Gehalt gefragt hätte, denn in der Regel würden die Gastdozenturen westdeutscher Lehrkräfte an der Gehaltsfrage scheitern, die ich aber ehrenwerterweise absolut unerwähnt gelassen hätte, woraus er wiederum hocherfreut geschlossen habe, daß es mir vor allem um die Sache ginge und weniger um das Geld. Darum wolle er nun von sich aus auf diese leidige Frage zu sprechen kommen, die freilich so leidig gar nicht sei, denn mein Gehalt entspräche dem eines durchschnittlichen polnischen Dozentengehaltes und belaufe sich auf sechshunderttausend Zloty, was nicht eben viel, aber auch nicht wenig sei. Hinzu komme, so Herr Dr. Sawicki, daß mir ja die Lubliner Universität eine kostenlose Unterkunft in ihrem Gästehaus gewähre, welches zwar nicht direkt in Lublin, dafür aber an einem besonders idyllisch gelegenen Ort namens Kazimierz Dolny, direkt am Ufer der Weichsel und nicht weit von der russischen Grenze, gelegen sei und wohin es eine gute Busverbindung gebe. Ich sei also rundum versorgt, und er schlage vor, da es noch einige Tage dauere, bis alle Formalitäten erledigt und mein Arbeitsvertrag unterschriftsreif seien, daß ich die Zeit für einen kleinen Urlaub nutze und mir meinen künftigen Wohnsitz schon einmal anschaue. Dann erhob sich mein

Gastgeber und drückte mir so freundschaftlich und innig die Hand, daß mir nichts anderes übrigblieb, als mich ebenfalls gerührt für die erwiesenen Freundlichkeiten zu bedanken, obwohl ich viel lieber noch einmal die lästige Gehaltsfrage ins Spiel gebracht und gegebenenfalls dazu genutzt hätte, Herrn Dr. Sawicki von meiner Entscheidung in Kenntnis zu setzen, die Dozentur vorerst nicht anzunehmen. Denn die sechshunderttausend Zloty, die ganz ohne Zweifel einem durchschnittlichen polnischen Dozentengehalt entsprachen, entsprachen zugleich auch exakt der Summe, die ich am Wechselschalter des Warschauer Flughafens als Gegenleistung für einen Hundertmarkschein erhalten hatte.

Ich ließ mich von Herrn Dr. Sawicki zur Bushaltestelle begleiten, wo ich den Bus nach Kazimierz Dolny bestieg. Die Busfahrt dauerte anderthalb Stunden und führte mich bald durch eine hügelige und bäuerliche Gegend, die das Bild, das ich mir bisher von Polen gemacht hatte, auf irritierende Weise korrigierte: frischgestrichene Bauernkaten, hölzerne Gartenzäune, quakende Enten und schnatternde Gänse auf den Dorfstraßen – all das fügte sich zu einer kindlich-heiteren Bilderbuchlandschaft, die wohl arm, aber auch anmutig auf den fremden Besucher wirkte. An der Busstation in Kazimierz Dolny erwartete mich der Hausmeister und Verwalter des Gästehauses, den Herr Dr. Sawicki von meiner Ankunft unterrichtet hatte, und brachte mich zu einem am Ortsrand gelegenen, nicht allzu großen hölzernen

Gebäude, über dessen Eingangstür ein eisernes Kruzifix hing. Der Verwalter, ein gedrungener, bäuerlicher Mensch, zeigte mir mein Zimmer, das er mir in gebrochenem Deutsch als Zimmer mit Flußblick empfahl. Hierbei handelte es sich um einen mit einer schmalen Liege, einem Stuhl, dem unvermeidlichen Kruzifix und einem kleinen Arbeitstisch mönchisch karg ausgestatteten Raum, dessen besonderer Luxus, der Flußblick, sich als ein leeres Versprechen erwies. Denn von der Weichsel war nur das von Büschen und Gestrüpp überwucherte jenseitige Ufer zu sehen, während der Strom unsichtbar und tief unten durch sein von Erosionsschluchten zerklüftetes Bett floß. Um so deutlicher war allerdings die breite Uferstraße zu sehen, die das Gästehaus und damit mein Zimmer vom diesseitigen Flußufer trennte und über die unablässig Lastwagen, Landmaschinen und Traktoren rollten. Um dem Verkehrslärm zu entgehen, verließ ich mein Zimmer und ging in den Ort, der seinen Namen dem Piastenfürsten Kasimir dem Gerechten verdankt. Kazimierz Dolny bestand im wesentlichen aus einer verfallenen Burg und einem außergewöhnlich prächtigen, von alten Patrizierhäusern gesäumten Marktplatz, auf dem sich eine Gruppe von Schülerinnen um ihre Lehrerin versammelt hatte, um den, wie ich annahm, kunsthistorischen Erläuterungen zuzuhören. Ich wanderte einige Male um den Platz herum, betrachtete die jungen und hübschen Mädchen und flüchtete mich, von plötzlichen Einsamkeitsgefühlen überwältigt, in das einzige Café des Ortes, wo ich mich an einer Flasche ungarischen Rotweins berauschte, der als Luxusgetränk gehandelt wurde, denn die Flasche kostete mich fast ein Viertel meiner eingewechselten sechshunderttausend Zloty. Wohl dämpfte der Wein meine Einsamkeitsgefühle, doch wirklich erlöst wurde ich erst durch den Entschluß, nicht nur auf die Dozentur in Lublin, sondern auch auf den Kurzurlaub in Kazimierz Dolny zu verzichten und unverzüglich wieder abzureisen. Dieser Entschluß erleichterte mich so sehr, daß ich euphorisch und wie ein Sieger eine letzte Runde um den Marktplatz drehte, wobei ich mit Befriedigung feststellte, daß sich die verführerischen jungen Mädchen in ganz gewöhnliche Backfische verwandelt hatten. Über die Uferstraße ging ich zurück zum Gästehaus und blickte noch einmal abschiedsselig über den kalten, kalkweißen Fluß hinaus in die einsamen Niederungen des Weichselgebiets. Und zum erstenmal fühlte ich eine Anhänglichkeit an die polnische Landschaft und die Menschen, die ich hier getroffen hatte. Ein Gefühl, das sich noch verstärkte, als ich die fassungslose und traurige Miene des Hausverwalters sah, dem ich schweigend und ohne ein Wort der Erklärung die Hand gab, bevor ich den Nachmittagsbus nach Lublin bestieg, der bereits mit laufendem Motor an der Busstation stand.

VI.

Dr. Schillings Praxis lag, ebenso wie die Praxis von Dr. Bruckner, in einer Seitenstraße des Kurfürstendamms. Eine beeindruckende Ansammlung von goldglänzenden Messingschildern umrahmte das Portal des alten stuckverzierten und säulengestützten Berliner Mietshauses und machte eindringlich darauf aufmerksam, daß es sich hierbei nicht um eine gewöhnliche Arztpraxis handelte, sondern um ein psychiatrisch-psychoanalytisches Ausbildungs- und Behandlungszentrum von beachtlichem Ausmaß. Das Institut des Dr. Schilling war ein Imperium, das über alle Stockwerke des Hauses verteilt war, und irgendwo im verborgenen Zentrum dieses Labyrinths residierte hinter dicken, gepolsterten Türen der Mann, der über das Imperium herrschte und auf den ich nun alle meine Wünsche nach therapeutischer und väterlich-stützender Zuwendung richtete, nachdem sich mir Dr. Bruckner so schmählich entzogen hatte. Diese Wünsche teilte ich mit einer Vielzahl anderer bedürftiger Patienten, denn das Sekretariat Dr. Schillings beantwortete meine telefonische Bitte um einen Gesprächstermin mit dem Hinweis, daß ich mich einige Monate gedulden müsse, außerdem erwarte man von mir eine schriftliche Bewerbung mit Lebenslauf und einer ausführlichen Darstellung meiner Krankengeschichte, auf die man mir dann gegebenenfalls antworten werde. Daraufhin schrieb ich einen detaillierten Bericht meiner Leidensgeschichte, die mir allerdings am Ende nicht dramatisch genug erschien, so daß ich außer einer depressiven Grundstimmung und einer Vielzahl von psychosomatischen Beschwerden noch eine starke Suizidneigung anführte, die, das wußte ich aus der Fachliteratur, jeder Psychotherapeut ernst zu nehmen hatte, auch wenn sie nur vorgetäuscht war. Zudem brachte ich meine Selbstmordgedanken nicht nur mit den Bedrückungen meiner Kindheit in Zusammenhang, sondern auch mit dem Suizid Dr. Bruckners, was meiner Qualifikation als Patient einen besonderen Glanz verleihen mußte. In gewisser Weise ging meine Rechnung auch auf, denn ich erhielt nach einigen Wochen einen Gesprächstermin, auf den ich einige weitere Wochen warten mußte, bevor ich mich mit klopfendem Herzen in Dr. Schillings Institut einfand. Nachdem sich eine mißtrauische Dame an der Anmeldung von der Richtigkeit meiner Terminvereinbarung überzeugt hatte, durfte ich im Wartezimmer Platz nehmen und vertrieb mir die Zeit mit dem Betrachten der gerahmten Fotografien, die die Wände des Wartezimmers bedeckten und die weltweiten Aktivitäten eines beleibten, graubärtigen Mannes dokumentierten, bei dem es sich ganz ohne Zweifel um Dr. Schilling handeln mußte. Meine Vermutung bestätigte sich, als derselbe graubärtige und sich an Leibesfülle noch überbietende Mann die beiden gepolsterten Türen seines Behandlungszimmers öffnete und mir ein leises und hingenuscheltes »Kommen Sie« zurief und sogleich wieder in seinem nur schwach erleuchteten

Zimmer verschwand. Ich folgte dem Arzt, schloß die schweren lederbeschlagenen Türen und setzte mich auf einen der beiden riesigen Stühle, die vor dem Schreibtisch Dr. Schillings standen; holzgeschnitzte Ungetüme, an deren Armlehnen sich wie Galionsfiguren fischartige Frauenleiber klammerten, mit großen runden Brüsten, auf die ich meine Hände legte und nervös umherblickte, während Dr. Schilling, der bereits wieder hinter seinem Schreibtisch Platz genommen hatte, versonnen und abwesend in irgendwelchen Unterlagen blätterte. Nun war ich, daran gab es keinen Zweifel, im Allerheiligsten seines psychoanalytisch-psychiatrischen Reiches. An der Wand stand eine Couch mit einer roten teppichartigen Perserdecke, ringsherum Vitrinen und Schaukästen, gefüllt mit Skulpturen, Steinen, Indianerfedern und Pfeilspitzen, sogar ein paar Schrumpfköpfe entdeckte ich in einem der Glaskästen. Die Vorhänge waren zugezogen, wir saßen im Dämmerlicht, es war eine Unterwelt, in die ich hinabgestiegen war, um hier dem großen Seelenführer zu begegnen, der mir müde und mit rasselnden Atemzügen gegenübersaß und erst jetzt meine von mir vor Monaten verfaßte Kranken- und Therapiegeschichte zur Kenntnis nahm. Hatte Dr. Bruckner immer wieder betont, daß alle oralen vorsprachlichen Defekte, und mein Defekt war, so Dr. Bruckner, ganz ohne Zweifel auch ein oraler vorsprachlicher Defekt, mit der quergestreiften Muskulatur zusammenhingen und dem Auseinanderklaffen von digitalen und analogen Schaltungsvorgängen sowohl im Gehirn als auch in der Kindheit, so hat

Dr. Schilling meinen neuerlichen beklagenswerten und therapiebedürftigen Zustand weder auf digitale und analoge Schaltungsfehler noch auf die quergestreifte Muskulatur oder gar auf meine Kindheit zurückgeführt, sondern einzig und allein auf die Therapie bei Dr. Bruckner. Das aber, so versicherte er mir mit väterlicher Gelassenheit, sei ein lösbares Problem, er und seine Mitarbeiter hätten schon viele Erfahrungen mit ehemaligen Patienten Dr. Bruckners gemacht, ja, in Wahrheit würden fast alle ehemaligen Patienten seines unglücklichen Kollegen, über den er sich hier nicht äußern wolle, irgendwann einmal in seiner Praxis auftauchen, und es würde ihnen auch geholfen und ganz gewiß würde auch mir geholfen, ich solle mich nur ihm und seiner Erfahrung anvertrauen und ganz besonders der seines Mitarbeiters Herrn Jungbusch, der sich von nun an um mich kümmern werde. Und noch ehe ich meiner tiefen Enttäuschung mit einem Wort Ausdruck verleihen konnte, erhob sich der große müde Mann und reichte mir zum Abschied die Hand.

Herr Jungbusch machte seinem Namen insofern alle Ehre, als er höchstens zwei oder drei Jahre älter war als ich. Er rauchte unablässig, trug eine Herrenhandtasche aus schwarzem Kunstleder mit einem kleinen Namensschildchen, hatte seltsame Flecken und Pusteln im Gesicht und eine rote geschwollene Nase, die mir Angst einflößte. Wir trafen uns dreimal wöchentlich in einer Kammer irgendwo in dem riesigen Gebäude und taten vorerst nichts anderes, als uns über seine geschwollene Nase und seine Gesichtshaut zu unterhalten. Obwohl Herr Jungbusch meinte, daß es vielleicht sinnvoller wäre für mich und meine Gesundung, um derentwillen ich ja hier sei, endlich einmal über meine Probleme zu sprechen, konnte ich nichts anderes tun, als ihn immer wieder anzustarren und darauf hinzuweisen, daß seine dermatologische Symptomatik eine so große Signalwirkung auf mich hätte, daß sie mich zwinge, ausschließlich an ihn und seine Probleme zu denken, sobald er mir gegenübersitze. Ich solle mir um ihn keine Sorgen machen, sagte Herr Jungbusch, er könne sich schon selber helfen, und vielleicht liege darin ja mein eigentliches Problem, daß ich mir immerzu Sorgen um andere mache, um mich selbst zu verleugnen. Eine Verleugnung, die mir gar nicht guttäte, den wenn sie mir guttäte, dann säße ich ja nicht hier. Ich hatte allerdings noch niemals den Eindruck gehabt, entgegnete ich Herrn Jungbusch, daß ich mir zu viele Sorgen um andere mache. Mein eigentliches Problem sei viel eher, so schien mir, daß ich mir immerzu nur Sorgen um mich selbst mache und Tag und Nacht an nichts und niemand anderen denken könne als an mich. Und deshalb komme es mir gelegen, sagte ich zu Herrn Jungbusch, mir nun endlich einmal Gedanken um jemand anderen machen zu können, und daß ich nun endlich einmal jemandem ins Gesicht schauen könne, dem es augenscheinlich viel schlechter gehe als mir. Gut, sagte Herr Jungbusch, während ich seine Pickel und Pusteln und die geschwollene Nase betrachtete, dann solle ich ihn ruhig anschauen und dies solange, bis ich glaubte, ihn lange genug angeschaut zu haben. Nachdem wir uns während einiger Sitzungen stumm gegenübersaßen und Herr Jungbusch, mit meiner Erlaubnis allerdings, eine Zigarette nach der anderen rauchte, faßte ich mir endlich ein Herz und sagte ihm, ich müsse ihn wahrscheinlich so lange anschauen, bis eine Veränderung in seinem Gesicht zu bemerken sei, eine Gesundung oder wenigstens Besserung seines Zustandes, andernfalls sei es mir auch weiterhin ganz und gar unmöglich, auch nur das geringste von mir und meinen Problemen zu erzählen, worauf Herr Jungbusch in einem nun gänzlich veränderten Ton und ziemlich aufgebracht antwortete, daß er sich nicht erpressen lasse, und von mir schon gar nicht, und daß es so, wie es jetzt gehe, nicht weitergehen könne. Dieser Meinung sei im übrigen auch Herr Dr. Schilling, der ja, wie ich mir denken könne, von allen seinen Mitarbeitern, die zugleich auch seine Patienten und Lehranalysanden seien, Berichte über den Fortgang ihrer therapeutischen Arbeit anfordere, um diese Berichte dann einer eigenen Analyse zu unterziehen. Hierbei sei Dr. Schilling nun, und er stimme völlig mit ihm überein, zu dem Ergebnis gekommen, daß unsere gemeinsame Arbeit bisher um keinen einzigen Schritt vorangekommen sei und daß sich dieser Stillstand auch auf seine eigene Therapie bei Dr. Schilling auswirke. Darum komme Herr Dr. Schilling auch heute als Gast und Supervisor in unsere Sitzung, um danach endgültig zu entscheiden, wie es sowohl mit meiner Therapie bei ihm, Herrn Jungbusch, als auch mit seiner eigenen Therapie bei Dr. Schilling weitergehe. Auf meinen Einwand, daß mir die Therapie Herrn Jungbuschs bei Dr. Schilling vollkommen gleichgültig sei, mich diese Therapie also nicht im geringsten interessiere, sagte Herr Jungbusch, er verstehe meine Eifersucht, schließlich aber komme ja auch mir zugute, was sich zwischen ihm und Dr. Schilling abspiele. In diesem Moment öffnete sich die Tür und Dr. Schilling erschien in unserer Therapiekammer und setzte sich grußlos in einen abseits stehenden Sessel. »Lassen Sie sich nicht stören«, sagte der Arzt auf seine mir nun schon bekannte nuschelnde und Gleichgültigkeit demonstrierende Weise, die mich auch diesmal beeindruckte und die ich als ein Zeichen seiner besonderen Verantwortung und der gewissermaßen überirdischen Bedeutung, die ihm in diesem Hause zukam, interpretierte. Während Dr. Schilling sich in seinem Sessel zurücklehnte und die Augen schloß, fragte mich Herr Jungbusch so unbefangen und aufgeräumt, wie ich es noch nie bei ihm erlebt hatte, ob ich ihm nicht einen Traum erzählen wolle. Ich könne ihm natürlich auch etwas anderes erzählen, aber einen Traum zu erzählen würde mir vielleicht leichter fallen, als irgend etwas anderes, sofern ich, was er aber annehme, in letzter Zeit überhaupt geträumt hätte und mich an einen dieser Träume erinnern könne. Ich sagte Herrn Jungbusch, daß ich in letzter Zeit ziemlich viel geträumt hätte und daß ich mich auch an einige meiner Träume erinnern könne, daß ich aber nicht so recht wüßte, warum ich ihm ausgerechnet heute einen Traum erzählen solle, denn ich hätte ihm doch noch nie einen

Traum erzählt. Ganz wie ich wolle, erwiderte daraufhin Herr Jungbusch sichtlich verärgert über meine Verweigerung, ganz wie ich wolle. Dann schwieg er, und ich schwieg ebenfalls, und beide lauschten wir dem schweren Atem Dr. Schillings, der, wie es schien, eingeschlafen war. Nach ungefähr fünfzehn quälend langen Minuten sprang er unerwartet behende aus dem Sessel und verließ mit hochrotem Kopf und den Worten »Ich schreibe Ihnen« den Raum. Herr Jungbusch, der plötzlich aschfahl geworden war, erhob sich ebenfalls und stürzte mit den Worten »Sie werden von uns hören« hinaus. Nach einer Woche, die ich, von meiner eigenen Aggressivität gegen Herrn Jungbusch zutiefst deprimiert, in apathischer Untätigkeit verbracht hatte, schrieb mir das Sekretariat von Dr. Schilling – mit besten Grüßen auch von Herrn Jungbusch –, daß letzterer in der nächsten Zeit nicht therapeutisch tätig sein werde und daß auch Herr Dr. Schilling während der nächsten zwei Monate keine Patienten empfange, da er sich in ein sogenanntes selbsttherapeutisches Retreat begeben habe, daß er aber Herrn Jungbuschs ehemalige Patienten bitte, nach dem Ende seines Retreats zur weiteren diagnostischen Klärung an einem Wochenendseminar unter seiner persönlichen Leitung teilzunehmen.

Es waren ungefähr ein Dutzend Patienten, die sich an einem Sonnabendvormittag in Dr. Schillings Institut einfanden. Allesamt schwankende Gestalten, die sich mit hängenden Schultern und ängstlichen Blicken ihren Sitzplatz in dem großen Gruppenraum suchten, um auf den Meister zu warten. Nachdem seine Vorhut, fünf jüngere Damen und Herren, denen man an Blusen und Sakkos sofort ansah, daß sie zu Dr. Schillings Ausbildungskandidaten zählten, mit freundlichem Nicken in alle Richtungen Platz genommen hatte, erschien endlich er selbst – oder das, was von ihm übriggeblieben war: ein graues Männchen in einem schlotternden Anzug, ohne den ehemals gewaltigen Vollbart und um zwanzig Jahre gealtert oder auch verjüngt, was nicht eindeutig auszumachen war. Dr. Schilling setzte sich in einen großen und für ihn reservierten Sessel, in dem er fast zu verschwinden drohte, so sehr war der einst so gewichtige Mann geschrumpft. Allerdings schien es ihm in diesem Zustand besser als zuvor zu gehen, denn er blickte mit wachen und hellen Augen in die Runde und genoß die Überraschung, die sein verändertes Aussehen bei den Patienten auslöste. Ohne sich mit einer langen Vorrede aufzuhalten, begann er von seiner neuen körperlichen Verfassung zu reden, die er, so Dr. Schilling, einer grundsätzlichen praktischen und theoretischen Neuorientierung verdanke, welche zum einen in einer androgynitätstheoretischen Umdefinition seines bisher eher funktional verkrusteten Menschen- und Geschlechterbildes bestehe und zum anderen in der Abkehr vom klassischen sprachzentrierten psychoanalytischen Setting, unter dem in den letzten Jahren sowohl die Patienten als vor allem auch er selbst zunehmend gelitten hätten und dem er sich nun nicht mehr länger aussetzen wolle, würde es doch keine an Leib und Seele gereiften Menschen hervorbringen, sondern allenfalls eloquente und gelehrte Säuglinge, die ihm, dem gelehrten Obersäugling, das Mark aus den Knochen saugten. Auch wenn er wisse, so Dr. Schilling, daß er sich und sein Institut damit endgültig der Ketzerei verdächtig mache, was ihm freilich völlig schnuppe, wenn nicht sogar sehr recht sei, auch wenn er also mit den schlimmsten Anfeindungen seiner verstockten Kollegen rechnen müsse, so könne er sich allein schon aus Gründen der Selbsterhaltung nicht mehr in die aseptische und sklerotisierende Analysesituation begeben, in der sich zwei automatenhaft erstarrte Wesen gegenübersitzen beziehungsweise -liegen, um nach Worten für Erfahrungen zu suchen, über die man irgendwann sowieso nicht mehr sprechen könne, denn je mehr wir in die Frühzeit unseres Ichs zurückkehrten, um so mehr kehrten wir auch in die Frühzeit unseres Körper-Ichs zurück, in den langen, düsteren und stummen Tunnel seiner präverbalen Existenz. Und erst wenn wir diesen Tunnel durchschritten hätten, sagte Dr. Schilling, würden wir Licht sehen, Körperlicht. Dann hielt er plötzlich inne und verzog seinen Mund auf eine Weise, als habe ihn irgend etwas oder irgend jemand gekränkt. Er nahm ein kleines Plastikfläschchen aus der Jackentasche, lehnte sich zurück und sprühte eine Flüssigkeit in seine großen schwarzen Nasenlöcher, die nun für einen Moment an die Stelle der Augen gerückt waren. Anschließend schneuzte er sich, richtete sich in seinem Sessel auf und blickte mit strenger Miene in die Runde, um in steifer, gewissermaßen wissenschaftlich verhärteter Haltung auszuführen, daß er, ausgehend von seinem KONZEPT DES GANZHEITLICHEN MENSCHENBILDES und von seiner Diagnose dieser Zeit als einer ANDROGYNEN GEISTIGEN REVOLUTION seine hier versammelten Patienten zuallererst einem diagnostischen Grundlagenverfahren unterziehen wolle, aus dem sich dann die weitere therapeutische Arbeit ergäbe. Bei diesem Grundlagenverfahren handle es sich um den von ihm und seinen Mitarbeitern jüngst entwickelten ANDROGYNITÄTS-DIMENSIONSTEST, der dazu diene, unsere jeweils spezifische Männlichkeits-Weiblichkeits-Anteilsrelation zu bestimmen, und der sowohl über das bisher praktizierte BEM-SEXROLE-INVENTORY als auch über das SPENCE-HELMREICH-UND-STAPP-PERSONAL-ATTRIBUTE-QUESTIONNAIRE hinausgehe. Dieser Test bestehe vorerst in nichts anderem als dem Ausfüllen einiger Fragebögen, die uns seine Mitarbeiter nun aushändigten und die wir am nächsten Tag ausgefüllt wieder mitbringen sollten. So sehr mich auch die szientifische Wende in den Ausführungen Dr. Schillings beruhigt hatte, schien sie doch die Gefahr einer direkten körpertherapeutischen Aktion von seiten des Arztes und seiner Mitarbeiter vorerst abzuwenden, so sehr wurde mir doch zugleich auch bewußt, daß ich nun ein weiteres Mal Abschied nehmen mußte von meinem Wunsch nach einer mächtigen und mich stützenden Vaterfigur. Denn der Dr. Schilling, den ich kannte, den ich fürchtete und bewunderte und an dessen schweren Leib ich mich hatte anlehnen wollen, war verschwunden und hatte einer ausgezehrten, nahezu alters- und geschlechtslosen Person Platz gemacht, deren Anblick in mir ein diffuses Gefühl des Verlorenseins auslöste. Ein Gefühl, das sich allerdings schon bald in ein bedrängendes Angstgefühl verwandelte, als Dr. Schilling, nachdem seine Mitarbeiter an alle Teilnehmer ein umfangreiches Konvolut von leuchtend blauen Fragebögen verteilt hatten, aufs neue das Wort ergriff, um, wie er sagte, es mit den Worten nun genug sein zu lassen und uns mit der Erfahrung des HUMANSTRUKTURELLEN TANZES vertraut zu machen, um die er und seine Mitarbeiter das androgynitätstheoretische Grundkonzept erweitert hätten. Und damit wir wüßten, wovon er rede, wolle er nun nicht mehr reden und seine beiden Mitarbeiterinnen Frau Scholz und Frau Dr. Rapinarda bitten, uns mit einem humanstrukturellen Begrüßungstanz zu begrüßen. Die beiden jungen Frauen, die auf ihre Art gewiß nicht unattraktiv waren, erhoben sich ein wenig zögernd und begannen, sich bis auf ein Gymnastiktrikot auszuziehen, was die meisten von uns mit großem Interesse verfolgten. Dann setzte einer der Assistenten Dr. Schillings einen Cassettenrecorder in Betrieb, und die ersten Takte von Ravels BOLERO waren zu hören. Während die Frauen den Tanz begannen, was weniger ein Tanzen, als vielmehr ein Sich-Winden-und-Verbiegen war, starrten die Männer aus Dr. Schillings Mitarbeiterstab gänzlich ungerührt auf das Geschehen. Die Musik tönte zunehmend schneller und lauter aus dem Gerät, und Frau Scholz, die eine gewisse Erfahrung mit der humanstrukturellen Tanzerei zu haben schien, schraubte sich in himmelwärtsführende Windungen hinein. Anders ihre Kollegin, eine schmale bleiche Undine, die immer mehr in sich zusammensank, um sich dann auf allen vieren auf den Fußboden zu kauern, bis Dr. Schilling, der das Unheil instinktsicher witterte, mit einem »Vielen Dank, meine Damen!« den Casettenrecorder zum Verstummen brachte. Überrascht von der plötzlichen Stille, streckte die junge Frau alle Gliedmaßen von sich, preßte sich flach auf den Parkettboden und begann leise vor sich hin zu weinen. Frau Scholz, die von alledem nichts zu bemerken schien, schwebte noch immer wie eine in den Himmel gehängte Spiralfeder über unseren Köpfen, und selbst Dr. Schilling schien für einen Moment in eine trancehafte Leere hinüberzugleiten und hantierte geistesabwesend mit seinem Plastikfläschchen herum, um schließlich aufzuspringen und mit einem wütenden »Wir sprechen uns noch!« den Raum zu verlassen. Jetzt wachten auch die drei Assistenten aus ihrer Betäubung auf, bemühten sich um die wimmernde Frau zu ihren Füßen und setzten sie behutsam auf einen Stuhl. Meine Mitpatienten und ich wurden dann in die vorverlegte Mittagspause entlassen, nicht ohne daß uns Frau Scholz, die sich wieder auf ihr irdisches Maß besonnen hatte, besorgt zur pünktlichen Rückkehr mahnte. Verstört lief ich die Treppen des Institutsgebäudes hinab und beschloß angesichts des steinernen Heros, der mit schmerzverzerrter Miene das Portal von Dr. Schillings Parxis bewachte, die Last meines Lebens vorerst auf die eigenen Schultern zu nehmen.

VII.

Mein fester Vorsatz »Nie wieder Italien und schon gar nicht Rom« wurde von dem griechischen Widerstandskämpfer, Altkommunisten und Dichter Nikos zunichte gemacht, den ich in einem Charlottenburger Souvlaki-Imbiß kennenlernte und der gerade dabei war, einen internationalen Dichterwettbewerb zu organisieren; in Rom sollte er seinen festlichen Abschluß finden. Nikos, der Gott und die Welt zu kennen schien, merkwürdigerweise aber keinen einzigen lebenden deutschen Dichter weder persönlich noch dem Namen nach kannte, versprach mir bei Zahlung einer Teilnahmegebühr und der Übersendung von drei Gedichten, die er persönlich ins Italienische übertragen wolle, eine fast hundertprozentige Gewinnchance in diesem Wettbewerb. Ich sandte Nikos die Gedichte, überwies mit einer internationalen Postanweisung sechzigtausend Lire an eine Kontonummer in Bologna und erhielt nach drei Monaten die schriftliche Nachricht, daß ich zu den Preisträgern des Wettbewerbs »Pelle di Luna«, was nichts anderes als »Haut des Mondes« heißt, gehöre, und daß man mich bitte, am Sonntag, den soundsovielten um 16 Uhr im HOTEL MICHELANGELO in Rom zu erscheinen, um den Preis entgegenzunehmen. Kosten für Anreise, Verpflegung und Übernachtung müsse ich selber tragen. Da ich nun ein preiswürdiger Dichter war, obwohl ich bisher nicht viel mehr als diese drei Gedichte geschrieben hatte, schien es mir auch angemessen, wie ein Dichter zu reisen und wie ein Dichter zu wohnen. Was heißen soll: ich reiste Zweiter Klasse ohne Schlaf- und Liegewagen von Berlin nach Rom und wohnte im ALBERGO DEL SOLE in der Nähe des Campo de'Fiori, einer von drei dicken Brüdern bewachten Räuberhöhle und ein Geheimtip für alle Romreisenden Zweiter Klasse, die ohne Schlaf- und Liegewagen reisten und davon träumten, irgendwann in ihrem Leben einmal ein Buch zu schreiben. Der Frühstücksraum des Hotels war bevölkert von jungen Deutschen, die an ihrem Cappuccino nippten, geheime Aufzeichnungen in rote Chinakladden schrieben und einander mißtrauisch beäugten, was mich ebenfalls bewog, meine rote Chinakladde aus der Plastiktüte zu ziehen und mit schwermütig-konzentrierter Miene die Bilanz meiner Einnahmen und Ausgaben zu machen, die darauf hinauslief, daß ich unzählige Ausgaben und keinerlei Einnahmen zu verzeichnen hatte und mich höchstens fünf Tage in Rom würde aufhalten können, es sei denn, der zu erwartende Lyrikpreis würde das Blatt auf bedeutsame Weise wenden.

Das Hotel Michelangelo lag in der Nähe des Vatikan auf der stadtabgewandten Seite des Tiber; ein moderner Bau aus den sechziger Jahren mit einer riesigen Glasfront und Messingbuchstaben über dem Portal. Nichts deutete in der sonntagnachmittäglich verlassenen Hotelhalle auf einen internationalen Dichterwettbewerb hin, auch der Hotelportier zuckte nur in der mir bereits wohlvertrauten mediterranen Art mit den Mundwinkeln und unterbrach auch nicht für den Bruchteil einer Sekunde seine Lektüre der GAZZETTA DELLO SPORT, so daß ich das Hotel stehenden Fußes wieder verlassen wollte, hätte mir der Portier nicht in einem Anflug von ebenso mediterraner Mitmenschlichkeit gerade noch nachgerufen »Stanno guardando tivù, giù« und den Weg in das Kellergeschoß des Hotels gewiesen. In dem gelbgrün leuchtenden aquariumhaften Fernsehraum saßen vier ältere Herren und glotzten wie die Fische auf die Fußballligaberichte, die Sonntag für Sonntag eine ganze Nation in apathisch-erregte Zustände versetzten. Unter ihnen entdeckte ich auch meinen alten Freund Nikos und wollte ihn auf eine Weise begrüßen, wie sie mir von Dichter zu Dichter und nach einer sechsunddreißigstündigen Zugreise gebührend erschien, aber Nikos blickte nur kurz auf, sagte »Ciao« und »In einer halben Stunde fangen wir an« und glotzte schon wieder selbstvergessen auf den Bildschirm. Anstatt entschlossen dem Hotel Michelangelo und dem internationalen Dichterwettbewerb den Rücken zu kehren, verfluchte ich mich und mein Schicksal und setzte mich zu den Herren.

Die Preisverleihung fand in dem sogenannten Raffael-Saal des Hotels statt, der sich inzwischen auf wunderbare Weise mit ungefähr vierzig bis fünfzig Personen gefüllt hatte; einige Kinder waren darunter, und alle waren sie sonntäglich-festlich gekleidet, so als handle es sich hier um eine Kommunions- oder

Hochzeitsgesellschaft. Ein aufgeklappter Flügel stand am Kopfende des Saales bereit, daneben ein Rednerpult und ein mit Pokalen, Krügen, Bildern, Plaketten, Medaillen, Urkundenrollen übersäter Tisch, der Altar der Dichtergesellschaft, der mir allerdings wenig Gutes verhieß, denn je mehr Pokale, Plaketten, Medaillen und Urkundenrollen ich entdeckte, um so mehr schien sich mir gleichzeitig die Aussicht auf einen Geldpreis zu verringern. Man setzte sich, und ohne ein einleitendes Wort von irgendeinem der Herren begann eine Pianistin im dunkelblauen Abendkleid einige Etüden zu spielen, irgend etwas zwischen Chopin und Paolo Conte, und noch ehe die schläfrig machenden Klänge ganz verklungen waren, erhob sich Nikos, trat ans Rednerpult und begann mit einer italienisch-griechischen Begrüßungsrede, von der ich so gut wie nichts verstand, außer daß immer wieder von einem Präsidenten, der Haut des Mondes, einer Akademie, der römischen Industrie- und Handelskammer und der römischen Hotel- und Gaststättenvereinigung die Rede war sowie der großen Freude, der großen Ehre, der großen Genugtuung, die ihn und uns alle erfüllten, nicht zuletzt auch den Präsidenten, den er nun bitte, die Preisträger zu verkünden. Der Präsident war einer der Herren, mit denen ich bereits das stumme Vergnügen hatte, und er entpuppte sich als ein äußerst steifer Redner, der sich Tommaso Giampà nannte und Ehrenmitglied und »Verdienter Akademiker« einer Accademia Valentiana zu Terni war. Die Verkündigung der Preisträger erwies sich als eine äußerst komplizierte Prozedur, da die ausgezeichneten Poeten verschiedenen Sektionen zugeordnet worden waren, in denen sie wiederum nach einem absolut unübersichtlichen Punkteverfahren als mehr oder weniger preiswürdig eingestuft wurden. Diese Punkte wurden wiederum bis auf ein Hundertstel errechnet, was sowohl die Jury als auch die Zuhörer zu überfordern schien, und am Ende stellte sich dann auch heraus, daß jeder der vierzig bis fünfzig Anwesenden in irgendeiner der Sektionen eine genügend hohe Punktzahl erreicht hatte, um einen der Preise zu bekommen. Ich selbst, der ich dem Auditorium als bedeutender Vertreter der deutschen Gegenwartslyrik vorgestellt wurde, hatte beispielsweise 53,75 Punkte für eines meiner Gedichte bekommen und war damit Gewinner in der Sektion C mit der Preiskategorie »terzo premio ex aequo«, als einer von mehreren dritten Preisträgern, was mich nicht eben mit Stolz erfüllte. Gleichwohl begleitete meine Namensnennung durch Tommaso Giampà und die Verkündung der geheimnisvollen Punktzahl ein rauschender Beifall von Seiten des Auditoriums, der sich noch verstärkte, als ich mein durch Nikos übersetztes und preisgekröntes Gedicht rezitieren durfte. Das Gedicht hieß »Bar americano« und hatte ungefähr folgenden Wortlaut: »Sam, suona ancora la canzoncina, Sam, la canzoncina, sai, Sam, sai com'era tutto, Sam, lei era seduta accanto a me, Sam, sai, com'era tutto, Sam, voglio piangere ancora una volta, qui, Sam, davanti al piano, Sam, allora possiamo anche andare via, Sam, allora possiamo anche andare via.« Ich trat ab, immer noch beifallsumrauscht, und

erhielt von Tommaso Giampà eine Plakette, eine Urkunde, eine Medaille sowie die Versicherung, daß man mir meinen Geldpreis, der vierzigtausend Lire betrage, auf mein Konto nach Deutschland überweisen werde.
Vierzigtausend Lire, das reichte nicht mal für ein Abendessen zu zweit auf der Piazza Navona – und mit wem hätte ich dort auch essen sollen; die Plakette, in einer roten Schachtel und auf Samt gebettet, war aus gehämmertem Blech und trug die Inschrift RISTORAZIONE & OSPITALITA' A PREMIO ITALIA CENTRO CULTURALE PELLE DI LUNA, deren Sinn mir bis heute verschlossen geblieben ist, die Urkunde schließlich, ein überdimensionales blütenumranktes Wunderwerk aus Pergamentpapier, hätte dem Nobelpreis Ehre gemacht und bestätigte mir, daß ich ein Diplom erhalten hatte als terzo qualificato ex aequo in der Sektion C für das Gedicht »Bar americano«, unterschrieben vom Präsidenten der Jury, unleserlich, sowie vom Präsidenten des Centro Culturale Pelle di Luna, Tommaso Giampà. Die Medaille habe ich, zurück auf meinem Platz, einem der Kinder geschenkt, das neidvoll auf meine soeben erworbenen Schätze starrte, ohne zu wissen, daß alle anwesenden Kinder am Schluß der Veranstaltung mit eben der gleichen Medaille beschenkt werden sollten. Nachdem so in einer stundenlangen Zeremonie alle Teilnehmer des Wettbewerbs zu Ehren gekommen waren, darunter auch ein ehemaliger Vertreter der Eritreischen Befreiungsfront und ein libanesischer Kaufmann, der mit einer Angestellten der römischen

Industrie- und Handelskammer verheiratet war, stand nur noch der Höhepunkt der Veranstaltung aus, die Ehrung des Dichters und Partisanen Nikos selbst, der, und das wunderte mich nun nicht mehr, gleich mit einer ganzen Reihe von Preisen bedacht wurde. Nikos erhielt den Hauptpreis für sein Gesamtwerk, das mehr als dreißig Bände betrage, so Tommaso Giampà, wovon ein Dutzend auch in Italienisch erschienen seien, außerdem erhielt er einen Preis für ein einzelnes Gedicht mit dem Titel »Ora felice« sowie einen weiteren Preis für ein lyrisches Epos über den griechischen Befreiungskampf von der Antike bis heute, wie immer dieser sich auch im einzelnen zugetragen haben mag, mit dem nicht gerade bescheidenen Titel »Rapsodia Greca Eroica«. Der Beifall für Nikos wollte kein Ende nehmen, und der Dichter, gerührt und den Tränen nahe, häufte Pokal um Pokal, Plakette um Plakette, Urkunde um Urkunde in seinen Armen auf, um alles anschließend in einer ziemlich schäbigen ADIDAS-Sporttasche zu verstauen, mit der er nach dem Ende der Veranstaltung, gebeugt wie ein tragischer Verlierer, der er ja in Wahrheit wohl auch war, das Hotel verließ, in den nächsten Autobus stieg und verschwand. Ich habe seitdem nie wieder etwas von ihm gehört, und auch die anderen Teilnehmer des Dichterwettbewerbs, mit denen ich am Abend nach Ostia fuhr, um in einer zugigen Holzbaracke und auf eigene Kosten das sogenannte festliche Abendessen einzunehmen, schienen sich für ihn nicht mehr zu interessieren und gedachten seiner mit keinem einzigen Wort.

VIII.

Die KLASSISCHE MODERNE, sagte der Kommissionsvorsitzende, die Klassische Moderne stehe hier und heute und in diesem Kreise nicht mehr zur Disposition. Hätten wir uns doch schon vor nunmehr fast zwölf Monaten protokollarisch verbindlich auf eine Definition geeinigt, und er sähe keinen Anlaß, jetzt, da wir kurz vor dem Abschluß des Verfahrens stünden, diese Diskussion von vorn zu beginnen. Natürlich, sagte der Kommissionsvorsitzende, stehe es allen Anwesenden frei, sich noch einmal über dieser Frage zu zerstreiten. Er für seinen Teil allerdings könne nur auf das Protokoll der ersten Kommissionssitzung verweisen und wolle an diesem Streit nicht teilnehmen. Dazu sei ihm erstens seine Zeit zu schade und zweitens auch die Taktik allzu durchsichtig, mit der einige von uns das endlich erreichte Ergebnis des Verfahrens noch einmal grundsätzlich in Frage stellen wollten. Es gehe nicht darum, sagte daraufhin Professor Friske, das einmal erreichte Ergebnis in Frage zu stellen, es gehe vielmehr darum, in Frage zu stellen, daß überhaupt schon ein Ergebnis erreicht sei. Denn wenn eines erreicht sei, und davon gehe der Kommissionsvorsitzende ganz offensichtlich aus, dann nur unter der für ihn unannehmbaren Prämisse, daß die Klassische Moderne lediglich die eindeutig als klassisch identifizierten Autoren und Werke aus dem Zeitraum von 1890 bis 1930 umfasse, wogegen er von

Anfang an betont habe, daß die Klassische Moderne auch die Autoren des genannten Zeitraums umfassen müsse, die als nicht eigentlich klassisch von der Literaturgeschichtsschreibung bewertet werden würden. Was er denn, fragte daraufhin der Kommissionsvorsitzende mit einem nicht zu überhörenden Unwillen in der Stimme, unter NICHT EIGENTLICH KLASSISCH verstehe. Wenn er damit vielleicht Franz Kafka meine, dann wäre es für ihn überhaupt kein Problem, auch Franz Kafka, der möglicherweise nicht eigentlich klassisch genannt werden könne, in den Bereich der Klassischen Moderne aufzunehmen. Er verstehe wirklich nicht, erwiderte Professor Friske, warum er nun den Namen Franz Kafka nenne, denn daß Franz Kafka ein Klassiker der Moderne sei, wie er klassischer und moderner nicht sein könne, darüber müsse man ja wohl kein einziges Wort verlieren, es sei denn, man wolle die ganze Kommission der Lächerlichkeit preisgeben. Er habe demzufolge auch nicht an Franz Kafka gedacht, wenn er von Autoren spreche, die nicht eigentlich klassisch modern zu nennen seien, sondern an Autoren wie beispielsweise August Stramm oder Kurt Schwitters, er könne aber auch ganz andere und völlig unbekannte Namen nennen, und um diese anderen und völlig unbekannten Namen gehe es ihm hier sowie in seiner fachwissenschaftlichen Arbeit überhaupt. Er beobachte in der Arbeit der Kommission, so Professor Friske, eine gewisse Tendenz der Monumentalisierung der Literaturgeschichte und halte dies für eine unerträgliche Tendenz. Denn Literaturwissenschaft, das sei für ihn eins mit lebendiger Literaturwissenschaft, und diese für ihn zuallererst eine Wissenschaft der Nischen, Lücken und Ränder. Der Kommissionsvorsitzende hatte sich bereits, als Professor Friske die Namen August Stramm und Kurt Schwitters erwähnte, mit gequältem Gesicht die Schläfen gerieben und schien nun vollends körperlichen Qualen ausgesetzt zu sein. Er halte es für ungut, sagte er zu Professor Friske, sich weiterhin mit zwei Fingern die Schläfen massierend, daß wir unsere Sitzung auf diese Weise fortführten, zumal seine eigene Vorstellung von Literatur nur schwerlich mit Herrn Friskes Nischen, Lücken und Rändern in Einklang zu bringen sei. Doch bevor wir uns hier endgültig um den letzten Rest an wissenschaftlicher Ernsthaftigkeit brächten, wäre es vielleicht sinnvoller, auch die anderen Damen und Herren um ihre Meinung zu bitten, denn unsere Hauptaufgabe sei nun mal, so gern er auch weiterhin mit uns über Literatur diskutierte, einen geeigneten Kandidaten für die ausgeschriebene Professur »Klassische Moderne« zu nominieren, und nicht die Arbeit eines ganzen Jahres zugunsten der Literaturvorstellungen eines unserer Kommissionsmitglieder zu gefährden. Professor Friske, dem die Attacke des Kommissionsvorsitzenden nicht das geringste anzuhaben schien, lächelte und schwieg. Als das fortgesetzt lächelnde Schweigen Professor Friskes ebenso unerträglich zu werden drohte wie die stirnzerfurchte Stummheit des Kommissionsvorsitzenden, ergriff endlich Frau Professor Brinkmeier das Wort, obwohl sie als sogenannte Frauenbeauftragte in dieser Kommission nur Gast und ohne Stimmrecht war, und sagte, daß das, was sie hier erlebe, ein typisch männlicher Disput sei, bei dem es weniger um die Literatur und die Qualifikation der Bewerber gehe als vielmehr um die Durchsetzung einer männlichen Diskurspraxis gegen die andere. Denn sowohl ein Literaturbegriff, der sich von den Nischen, Lücken und Rändern her definiere als auch einer, der zuvorderst die sogenannten großen Werke der Literaturgeschichtsschreibung favorisiere, sei in ihren Augen solange unzureichend, als er sich einer jeden weiblichen Perspektivierung enthalte. Und es sei gewiß kein Zufall, daß sich die Kommission, die ja mehrheitlich mit Männern und ausschließlich mit männlichen Professoren besetzt sei, bisher nicht dazu entschließen konnte, wenigstens einer der weiblichen Bewerberinnen eine ernsthafte Chance einzuräumen, und sie wolle auch nicht verhehlen, daß sie damit eine ganz bestimmte Bewerberin meine, die wir ja alle kennten, und der sie, wenn sie denn ein Stimmrecht hätte, mindestens den dritten, wenn nicht gar den zweiten Platz auf der Vorschlagsliste für die zu besetzende Professur einräumen würde. Der Kommissionsvorsitzende sah sich nun ein weiteres Mal genötigt, seine Brille abzunehmen, was wiederum Professor Friske veranlaßte, sogleich seiner Vorrednerin zur Seite zu springen und die Kommission darauf hinzuweisen, daß die Nichtberücksichtigung der erwähnten Bewerberin ja ursächlich mit der nach wie vor offenen Definition dessen zusammenhänge, was die Kommission unter Klassischer Moderne verstehe. Denn die besagte Bewerberin sei nur deshalb nicht in die engere Vorschlagsliste aufgenommen worden, weil die Kommission, und wenn er Kommission sage, dann meine er vor allem den Vorsitzenden der Kommission, der Bewerberin streitig mache, mit ihren wissenschaftlichen Veröffentlichungen das Gebiet der Klassischen Moderne auch nur zu berühren, sehe man von ihrem Aufsatz über die verdeckte Homosexualität in Thomas Manns literaturkritischen Schriften ab. Entschuldigen Sie vielmals, sagte nun der Kommissionsvorsitzende, sichtlich erregt durch die Erwähnung Thomas Manns im Zusammenhang mit der erwähnten Bewerberin, ihm scheine es nun doch angeraten, Professor Friske und alle anderen Mitglieder der Kommission noch einmal daran zu erinnern, daß der Aufsatz der Bewerberin über Thomas Mann kein literaturwissenschaftlicher Aufsatz im eigentlichen Sinne sei, sondern lediglich eine dreispaltige Glosse in einer Frauenzeitschrift, die man an jedem Kiosk kaufen könne, was nichts über die Qualität dieser Zeitschrift oder des dort veröffentlichten Artikels besagen solle, denn schließlich könne jedermann schreiben und publizieren, was er wolle und wo er wolle, nur habe der besagte Text über Thomas Mann, von dessen Hauptthese er im übrigen ganz und gar nicht angetan sei, nicht das geringste mit literaturwissenschaftlicher Forschung auf dem Gebiet der Klassischen Moderne zu tun. Er wolle doch nicht behaupten, warf nun Professor Friske ein, diesmal unter Verzicht auf sein Lächeln, daß Thomas Mann nicht zum Gebiet der Klassischen Moderne gehöre, er habe vielmehr den

Eindruck gehabt, daß für ihn, den Kommissionsvorsitzenden, der Begriff der Klassischen Moderne geradezu identisch sei mit dem Namen Thomas Mann, worauf der Kommissionsvorsitzende ziemliche aufgebracht erwiderte, daß diese Beobachtung absolut zutreffend sei und daß er, wenn er von Klassischer Moderne rede, natürlich und ganz zweifelsfrei zuallererst an Thomas Mann denke, er denke aber ebensogut an Gerhart Hauptmann, Robert Musil und Hugo von Hofmannsthal, nur denke er nicht an August Stramm oder eine dreispaltige Glosse in einer an jedem Kiosk zu kaufenden Frauenzeitschrift über die verdeckte Homosexualität in Thomas Manns literaturkritischen Schriften, wenn er an die Klassische Moderne denke beziehungsweise an ihre literaturwissenschaftliche Erforschung. Natürlich sei er offen für jede sinnvolle Annäherung an Thomas Mann, wozu auch das psychoanalytische Sich-Annähern gehöre, und ganz ohne Zweifel war Thomas Mann, in einem tieferen und subtileren Sinne allerdings, als sich das so mancher vielleicht vorstelle, auch homosexuell, nur leuchte es ihm ganz und gar nicht ein, wenn man diese Homosexualität dort zu begründen suche, wo sie überhaupt nicht auftauche, nämlich in Thomas Manns literaturkritischen Essays, Rezensionen und so weiter, die ja von nichts anderem handelten als von anderen Büchern, denen Thomas Mann, das kenne man ja, in der Regel allzu gefällig gegenübergestanden habe und die daher von minderem Interesse für das seien, was den eigentlichen Thomas Mann ausmache. Daraufhin sagte Professor Friske, daß dies genau den

Kern des Problems berühre, denn wenn Thomas Mann vielen literarischen Werken seiner Zeitgenossen von oftmals höchst zweifelhafter Machart immer wieder so auffallend generös gegenübergestanden habe, dann doch gewiß nicht deshalb, weil er kein sicheres literarisches Urteil gehabt habe, sondern weil er sich instinktiv weigerte, diese Machwerke, die ja ausnahmslos von männlichen Autoren verfaßt worden seien, ernsthaft zur Kenntnis zu nehmen, von einer gelegentlichen Lektüre einmal abgesehen. Oder, um es psychoanalytisch auszudrücken: er weigerte sich, in diese Werke, im übertragenen wie im eigentlichen Sinne, EINZUDRINGEN. Eindringlichkeit, fuhr Professor Friske ungeniert fort, ohne auch nur im geringsten zu bemerken, wie groß die peinliche Bedrückung war, die seine Zuhörer nun erfaßt hatte, Eindringlichkeit sei damit auch die für ihn überzeugendste Kategorie, um das zu bezeichnen, was gemeinhin die Referenz oder Bezüglichkeit des Thomas Mannschen Werkes genannt werde. Der Autor Thomas Mann kenne freilich nur eine einzige Form der Eindringlichkeit, und das sei die SELBSTEINDRINGLICHKEIT. Die Selbsteindringlichkeit sei die spezifische Gestalt der Thomas Mannschen Autoreferenz oder Selbstbezüglichkeit. Wenn von Thomas Manns Homosexualität also die Rede sein soll, fuhr Professor Friske fort, zugleich unterstellend, er sei von irgend jemandem um diese Ausführungen gebeten worden, dann doch nur insofern, als es sich hierbei um eine autoreferentielle, selbstbezügliche, um nicht zu sagen: selbsteindringliche Homosexualität handle.

Eine Selbsteindringlichkeit, die auf geradezu obsessive Weise die ganze Welt, Mikrokosmos und Makrokosmos des Thomas Mannschen Daseins, ja der geistigen und materiellen Wirklichkeit überhaupt, in sich hineinzuziehen bereit sei, lebte und schrieb der Autor doch, wie allgemein bekannt, nach der Devise: Goethe, Schiller, Freud und Wagner – das bin ich. Ein im wahrsten Sinne des Wortes totalisierender Selbsteindringlichkeitsimpuls also, fuhr Professor Friske mit ungebrochener Munterkeit fort, der den schöpferischen Kern der Thomas Mannschen Welt ausmache und der alles, was in Wahrheit nicht zu dieser Welt gehöre, sich dieser Welt zugehörig mache, gewissermaßen sogartig in sich aufnehme, um es sogleich zu verdauen und werkgeworden aufs neue auszuscheiden und der Welt als Ureigenstes zu präsentieren.

Auch wenn das Ende der Kommissionssitzung Professor Friske vor weiteren Ausführungen bewahrte, so ging man doch einigermaßen bestürzt auseinander, ein jeder in die neonhelle Abgeschiedenheit seines Dienstzimmers. Ich schlug mich durch das labyrinthische Gebäude bis zur Cafeteria durch und tröstete mich bei Kaffee und Apfelkuchen mit der Lektüre einer Seminararbeit über das Motiv der zerstückelten Leiche im Frühwerk Gottfried Benns, die ich aus einem Berg von Prospekten, Flugblättern und Zeitungen herausgefischt hatte, um sie anschließend dort wieder zu vergraben. Unschlüssig, wie dieser Arbeitstag zu beenden sei, und ohne die Kraft, mich auf den Heimweg zu machen, erwartete mich doch zu Hause nichts als Schreibtisch, Bett und Fernseher, schlenderte ich durch das weitläufige Institutsgebäude, las die Anschläge an den Wänden, entzifferte Zettel und Schmierereien, sah unbekannte Gesichter verloren an mir vorbeischweben und verirrte mich schließlich in den Hörsaal 1, wo eine als interdisziplinär ausgewiesene Vortragsreihe zum Thema SITZEN ALS SCHEITERN stattfand und sich ein Medizinsoziologe, der über STEHEN UND SITZEN referiert hatte, lauthals mit einem Professor der Kunsthochschule über dessen Vortrag AUS DEM STAND STÜHLE ENTWERFEN stritt. Ich setzte mich in die letzte Reihe des sparsam besuchten Hörsaals und folgte der Debatte, die im übrigen nicht als Satire auf den Wissenschaftsbetrieb, sondern als eine überaus ernst zu nehmende Veranstaltung gemeint war. Die mit Vehemenz vorgetragene These des Medizinsoziologen, daß der Mensch zwangsläufig an dem Versuch scheitere, die Welt aus dem Sitzen heraus zu bewältigen, untergrabe das Sitzen auf Stühlen doch alle vitalen Entschlußkräfte und erzeuge systematisch destruktive Impulse, schien mir so einleuchtend, daß ich sehr bald den Hörsaal wieder verließ, um mich in mein Dienstzimmer zu begeben, das sich in der Tiefe das Universitätslabyrinths am Ende eines schmalen, fensterlosen Korridors befand. Ich meldete bei der Telefonzentrale zwei Dienstgespräche an und sprach mit den immergleichen Freunden in Florenz und Pisa, denen ich von den neuesten Berliner Forschungen berichtete. Ein wenig aufgemuntert von den

Freundesstimmen in der Ferne, machte ich mich auf den Heimweg und wanderte, noch immer ohne die geringste Lust auf die eigenen vier Wände, durch die verwinkelten Gänge des Gebäudes. Diese Lust aber stellte sich sogleich ein, als ich der ehemaligen Philosophieassistentin Frau von Gast begegnete, die gerade dabei war, Dutzende von Taschen und Tüten aus ihrem Toilettendepot in den japanisch angelegten Garten des Philosophischen Seminars hinüberzutragen, wo sie sich, zumindest während der Sommermonate, ihr Nachtlager am Rande eines kiesumsäumten Teiches einrichtete. Frau von Gast, schon seit Jahren obdachlos und von visionären Stimmen gepeinigt, die ihr verboten, einen festen Wohnsitz anzunehmen, war für viele Jahre die Assistentin des Philosophieprofessors Schwarzschild gewesen, der mit einem Buch über die Hintertreppen der Philosophiegeschichte auch außerhalb der akademischen Welt Furore gemacht hatte. Nach dem Tod des Professors, der mit dem Ende ihrer Vertragszeit zusammenfiel, ist über Frau von Gast ein Wahnzustand gekommen, der sie von der ganz gewöhnlichen Arbeitslosigkeit, wie sie jedem Universitätsassistenten unwiderruflich bevorstand, in die Obdachlosigkeit trieb, die sie allerdings mit dem Gelübde einer stabilitas loci kombinierte, denn sie hat das Gelände der Universität schon seit Jahren nicht mehr verlassen und wurde, von Professoren, Hausmeistern und Nachtwächtern geduldet, zu einem festen Bestandteil des Campuslebens. Sie war gewissermaßen das schlechte Gewissen der Geisteswissenschaftlichen Fakultät, die fortlaufend abgebrochene Karrieren produzierte, und zugleich die personifizierte Nacht- und Wahngestalt der Universitätsphilosophie. Wie ein toter, mit Tüten und Taschen behängter Komet zog sie ihre Bahnen durch das Universitätsgelände und schien niemals mehr zur Ruhe kommen zu wollen. Mein Angebot, ihr beim Transport ihrer Habseligkeiten vom Germanistischen Institut in den Garten des Philosophischen Seminars behilflich zu sein, erforderte er doch ein vielfaches Hin und Her zwischen beiden Gebäuden, beantwortete Frau von Gast mit einem erschreckten und panischen Zittern, so daß ihr die Tüten und Taschen, die sie bereits zusammengerafft hatte, aus den Händen fielen. Sie starrte mich an, öffnete den Mund, und es schien, als wollte sie zu einem das Universum erschütternden Schrei ansetzen. Doch kein Laut kam aus dem weit aufgerissenen Mund, und ich sah in das entstellte Gesicht der Medusa, von dem ich wußte, daß es, hält man ihm nur lange genug stand, todbringend ist.

Die Bücher von Hans-Ulrich Treichel im Suhrkamp Verlag

Liebe Not. Gedichte
edition suhrkamp 1373. 1986

Seit Tagen kein Wunder. Gedichte
edition suhrkamp 1610. 1990

Von Leib und Seele. Berichte 1992
suhrkamp taschenbuch 2924. 1998

Der einzige Gast. Gedichte
edition suhrkamp 1904. 1994

Heimatkunde oder Alles ist heiter und edel.
Besichtigungen. 1996

Der Verlorene. 1998

265/1/11.93

suhrkamp taschenbücher
Eine Auswahl

265/2/11.93

265/3/11.93

265/4/11.93

265/5/11.93

265/6/11.93